中国孩子最喜爱的情感读本

快乐在于选择

焦 育 ◎主编

图书在版编目(CIP)数据

快乐在于选择/焦育主编. —北京：北京大学出版社, 2009.1
(中国孩子最喜爱的情感读本)
ISBN 978-7-301-14766-5

Ⅰ. 快… Ⅱ. 焦… Ⅲ. 儿童文学－故事－作品集－世界 Ⅳ. I18

中国版本图书馆 CIP 数据核字(2008)第 194246 号

书　　名：快乐在于选择
著作责任者：焦　育　主编
丛书主持：郭　莉
责任编辑：泮颖雯
标准书号：ISBN 978-7-301-14766-5/G · 2554
出版发行：北京大学出版社
地　　址：北京市海淀区成府路 205 号　100871
网　　站：http://www.jycb.org　http://www.pup.cn
电子信箱：zyl@pup.pku.edu.cn
电　　话：邮购部 62752015　发行部 62750672　编辑部 62767346
　　　　　出版部 62754962
印　刷　者：北京大学印刷厂
　　　　　730 毫米×1020 毫米　16 开本　12 印张　175 千字
　　　　　2009 年 1 月第 1 版　2012 年 5 月第 6 次印刷
定　　价：20.00 元

未经许可,不得以任何方式复制或抄袭本书之部分或全部内容。
版权所有,侵权必究
举报电话：(010)62752024　电子信箱：fd@pup.pku.edu.cn

一、月亮的孩子

月亮的孩子 …………………………………………… 2
五块钱成交 …………………………………………… 4
金窗子 ………………………………………………… 6
矶鹞给你欢乐 ………………………………………… 8
冰的画(节选) ………………………………………… 12
白雨衣 ………………………………………………… 14

二、童心小世界

第三天,土豆变成了小狗 …………………………… 18
心愿 …………………………………………………… 21
魔笛 …………………………………………………… 23
钟楼·书 ……………………………………………… 26
咒语 …………………………………………………… 29
月亮树 ………………………………………………… 32
童心小世界 …………………………………………… 34
送给妈妈的阳光 ……………………………………… 38
口水龙 ………………………………………………… 40

三、奇妙的王国

郁金香花圃 …… 44
把家弄丢了 …… 47
倒长的树(节选) …… 51
"下次开船"港(节选) …… 56
艾米尔怎么把头卡在汤罐子里 …… 61
皮皮回到威勒库拉庄 …… 68
面包房里的猫 …… 73
鞋匠和小精灵 …… 77

四、亲情的港湾

一只眼睛的世界 …… 82
车票 …… 85
爱的絮语 …… 90
沉睡的大拇指 …… 93
金色小提琴 …… 95
母亲的羽衣 …… 98

五、快乐在于选择

菲里斯的箴言 …… 104
快乐在于选择 …… 107
快乐如风 …… 109
幸福为何总在遥远的山那边 …… 111

六、智慧的美丽

等你开启的门 …… 114
玛莎后来怎样了 …… 118
苏姗的秘密 …… 121
小羊的名片 …… 123
鸟儿的爱的语言 …… 125

智慧的美丽 …………………………………… 127
压力的馈赠 …………………………………… 129
魔术师的铁钉 ………………………………… 131
沙漠之树 ……………………………………… 133

七、有趣的科学

宽容 …………………………………………… 136
填掉滇池 ……………………………………… 141
科学之心 ……………………………………… 144
捍卫真理的科学家 …………………………… 147
人造卫星"回家" ……………………………… 150
地球的冰库 …………………………………… 152
外星人的海底发射场 ………………………… 154

八、我们的动物朋友

最后一只蝴蝶 ………………………………… 158
动物幼崽(节选) ……………………………… 160
犀牛和它的知心朋友 ………………………… 162
千姿百态的动物睡眠 ………………………… 164
鹦鹉螺(节选) ………………………………… 166
石蚕(节选) …………………………………… 168
熊狸教崽(节选) ……………………………… 170
鸽子,和平的使者 …………………………… 172
水中生物呼吸妙趣多 ………………………… 174
猫 ……………………………………………… 176

一、月亮的孩子

YI YUELIANG DE HAIZI

月亮的孩子 / 黑　白

五块钱成交 / 保尔·哈维

金窗子 / 劳拉·理查兹

矶鹞给你欢乐 / 露丝·彼得森

冰的画（节选）/ 宗　璞

白雨衣 / 爱　亚

月亮的孩子

【黑　白】

秋天的一个晚上，我和女儿在床上睡觉，我们看见豆豆在窗外对着月亮说话。她可怜巴巴地喃喃自语，我不要做妈妈的孩子，我不想做她的孩子，我想做你的孩子，我想做小月亮——一个很小很小的小、月、亮。说话时，脸上挂着亮晶晶的泪珠。

女儿说豆豆肯定又受到了她妈妈的呵斥了。她妈妈总是没有好脸色，也许因为豆豆是女娃，也许因为困顿的日子太糟心了，她常常把豆豆一顿暴打。豆豆受了委屈，就喜欢对着天上的月亮说话。我发现她与月亮或者花草鱼虫有一种天然的亲近。我们只要一回到老家，她就要来和我们睡，她的理由就是这张床上可以看到月亮。

那天晚上她跟女儿一直疯闹到半夜，木窗外一轮大月亮离我们近在咫尺，仿佛喘口粗气就能把它吓跑似的。我们在城里从来没见到过这么近的月亮，想伸手去摸一摸它。她和女儿争论起来：我说月亮不是月亮，是烙在天上的一块饼，有时候让天狗吃去一半啦。女儿说：我说月亮不是月亮，是架在树枝上的鸟巢，星星是鸟儿，从四面八方往窝里飞。豆豆就抢着说：我说月亮不是月亮，是我妈的脸，就在窗户外面，看我们睡觉、做梦。我听孩子们说话像在谛听鸟语、流水、清风和美妙的音乐，你如果不跟孩子贴得很近的话，你根本想不到她们能说出如此美好的语言，比那些诗人冥思苦想造出来的诗句要优美得多！而在这方面，我那个会背好多唐诗的女儿反而不如没进过学校的豆豆。她一到了青草茂盛的河滩上就赤着脚丫光着膀子疯跑起来，像撒欢的小猪一样，而我的女儿则穿着皮鞋与长筒袜子神情呆板。

一、月亮的孩子

　　有一天豆豆告诉我：大肚子蝈蝈的家，一定是住在竹笛孔里，要不然，它的歌会唱得那么好听？还有，花翅膀的蝴蝶，它的家一定是在蜡笔盒子里，要不然，它的衣裳会绘得那么好看？有时，她这样问我：要是我把日历往回翻，你是不是会变得年轻？要是我把燕子关在家里，春天是不是可以留住？要是用石灰刷子一刷，是不是可以把漆黑的夜晚刷白？她的这些无意中说出的话让我非常惊奇，我女儿从来不曾说过这样的话。她迷恋钢琴，补习剑桥英语，到少年宫学习美术，但在一些最基本的灵性上，她与田野上长大的豆豆相差甚远。

　　豆豆说过她不想做小人，她只想做草芽儿、露珠儿、小青蛙、毛桃子、红鲤鱼，因为它们都是月亮的孩子。

朝阳和落日相比，人们更赞美前者。

——恰普曼

快乐在于选择
KUAILE ZAIYU XUANZE

五块钱成交

【保尔·哈维】

由于警察局寻回的失物往往无人认领，或者物主提出证据后又放弃不要，因此，警察局的贮物室里收藏的物品真是琳琅满目，令人惊奇。那里有各式各样的东西：照相机、立体声扬声器、电视机、工具箱和汽车收音机等。这些无人认领的东西，每年一次以拍卖的方式出售。去年在密苏里州堪萨斯市警察局的拍卖中，就有大批的脚踏车出售。

当第一辆脚踏车开始竞投，拍卖员问谁愿意带头出价时，站在最前面的一个男孩说："五块钱。"这个小男孩大约只有十岁或十二岁。

"已经有人出五块钱，你出十块好吗？好，十块，谁出十五块？"叫价持续下去。拍卖员回头看一下前边那小男孩，可他没还价。

稍后，轮到另一辆脚踏车开投。那小男孩又出五块钱，但不再加价。跟着有几辆脚踏车也是这样叫价出售。那男孩每次总是出价五块钱，从不多加，不过，五块钱的确太少。那些脚踏车都卖到三十五或四十块钱，有的甚至一百出头。

暂停休息时，拍卖员问那男孩为什么让那些上好的脚踏车给人家买去，而不出较高价竞争。男孩说，他只有五块钱。

拍卖恢复了：还有照相机、收音机和更多脚踏车要卖出。那男孩还是给每辆脚踏车出五块钱，而每一辆总有人出价比他高出很多。现在，聚集的观众开始注意到那个首先出价的男孩，他们开始察觉到会有什么结果。

经过漫长的一个半小时，拍卖快要结束了。但是还剩下一辆

一、月亮的孩子

脚踏车,而且是非常棒的一辆,车身光亮如新,有十个排挡、六十九厘米车轮、双位手刹车、杠式变速器和一套电动灯光装置。

拍卖员问:"有谁出价吗?"

这时,站在最前面,几乎已失去希望的小男孩轻声地再说一遍:"五块钱。"

拍卖员停止唱价,只是停下来站在那里。

观众也静坐着默不作声。没有人举手,也没有人喊出第二个价。

直到拍卖员说:"成交!五块钱卖给那个穿短裤和球鞋的小伙子。"

观众于是纷纷鼓掌。

那小男孩拿出握在汗湿拳头里揉皱了的五块钱钞票,买了那辆无疑是世界上最漂亮的脚踏车。他脸上露出了从未有过的美丽的光辉。

> 世故增长的同时,却愈会丧失正直纯真的感情。所谓少年老成的人,常常是挫失了青春锐气的人。
>
> ——培　根

> 青春是人生最快乐的时光,但这种快乐往往是因为它充满着希望。
>
> ——卡莱尔

快乐在于选择
KUAILE ZAIYU XUANZE

金窗子

【劳拉·理查兹】

小男孩整天辛勤地在田地里、谷场上和工棚里劳作，因为他家里贫穷，付不起工人的钱；但是太阳落山时他有一个小时是属于自己的。那时小男孩总是爬上山顶，眺望几里外的另一座山，在那远处的山上有一座房子的窗户镶嵌着闪闪发光的金子和钻石。它们发光闪耀，小男孩一看它们就要眨眼。

但一会儿后，屋里的人似乎就会关上窗板，屋子看上去就像一户普通农舍。

一天，男孩的父亲对他说："你一直是一个好孩子，因此给你放一天假。这一天由你自己支配，你要设法学些好的东西。"

男孩感谢了父亲，吻了母亲。然后他拿了一块面包放在口袋里，出发去寻找那座有金窗的屋子。

过了很长一段时间后，他来到一座青山前。当他爬上这座山时，看到山顶上有一座房子。但似乎窗板已经关闭，因为他看不见金色的窗子。他走到这座屋前，当他看见了这个窗子和其他窗子一样，装着明亮的玻璃，四周根本没有金子时，他真想大哭一场。

一位妇女来到门前，慈祥地看着男孩，并问他想要什么东西。

"我从我们山顶上看见了金窗子。"他说，"我过来看看，但它们只是玻璃窗。"

这位妇女摇了摇头并笑起来。

"我们是穷农民，"她说，"不可能在窗子上镶嵌金子，而且玻璃可以看得更清楚。"

她请男孩坐在门前的石头台阶上，给他拿来一杯牛奶和一块

一、月亮的孩子

蛋糕，要他休息一会儿。然后叫来她与他年龄差不多的女儿，亲切地向他们俩点点头，便回去工作了。

这个小女孩和他一样赤着脚，穿着一件棕色的棉外衣，她带着男孩参观农场。当他们一起吃苹果时，他们已经成为朋友了。男孩向她打听金窗户一事。小女孩点点头并说，她知道是怎么回事，只是他误解了这座房子。

他们去农舍后面的一个土墩，他们一边走，小女孩一边告诉他，金色的窗子只可以在一定的时候看见，也就是在大约太阳落山的时候。

"对，我知道！"男孩说。

当他们到达土墩顶上时，小女孩转过身并指着远处山上的一栋房子，房子的窗子是用闪闪发光的金子和钻石镶嵌而成的，正如他所看见过的那样。当他们再看的时候，男孩发现那是他自己的家。

然后他告诉女孩，他必须走了。但是他没有告诉她，他明白了什么。他下山了，小女孩站在落日的余晖中，目送他远去。

回家的路很长，天黑的时候，男孩才到达他父亲的屋子。

灯光和火光透过窗户，看起来几乎就如同他从山顶上看见的那样明亮。他打开门，他母亲过来吻了他。他的小妹妹跑过来，抱着他的脖子。他父亲抬起头来并微笑着。

"你玩得愉快吗？"母亲询问道。

"是！"男孩度过了非常美妙的一天。

"你学到什么了？"父亲问。

"我学到了。"男孩子说，"我已经明白，我们家里的窗子是用金子和钻石镶嵌而成的。"

> 智慧属于成人，单纯属于儿童。
> ——蒲 伯

矶鹞给你欢乐

【露丝·彼得森】

初识她时她才六岁,我住在海边,是在海滩上遇见她的。每当在这个世界里,我感到窒息发闷的时候,便会开车去那里。

她正在搭建一座沙堡,抬头望我时眼睛像天空一般湛蓝。

"你好。"她说道。我点头作答,没心思跟小孩子瞎扯。

"我正在建造呢。"她说。

"我看见了。那是什么?"我心不在焉地问道。

"哦,我不知道,我只是喜欢触摸沙子。"

这主意不错,于是我甩掉鞋子。一只矶鹞从旁边滑翔而过。

"那就是欢乐。"孩子说。

"是什么?"

"是欢乐,妈妈说矶鹞会给我们带来欢乐。"

矶鹞沿海滩俯降滑落,姿态独特优雅。"再见了,欢乐,"我喃喃自语,"接下来是痛苦。"转过身子,继续前行,我感到失意困顿,生活已完全失去了平衡。

"你叫什么名字?"她好像还不肯善罢甘休。

"露丝,"我回答说,"露丝·彼得森。"

"我叫旺迪。"她声音如风,"我六岁。"

"你好,旺迪。"

一串银铃般的笑声,"你很有趣,"她说。尽管我情绪低落,可我还是强颜欢笑,继续前行。

她的悦耳笑声尾随着我:"以后再来吧,我们还会有欢乐的一天。"

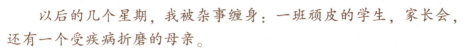

一、月亮的孩子

以后的几个星期，我被杂事缠身：一班顽皮的学生，家长会，还有一个受疾病折磨的母亲。

一天早晨，我洗完餐具，发现屋外阳光灿烂。"我需要一只矶鹬。"说罢，我抓起上衣，推门而出。

海风凉飕飕的，缓缓吹来，试图将宁静和安详留住。我已忘了那孩子，所以当她重又出现在我面前时，不由一惊。"你好，彼得森夫人。"她说，"你想玩？"

"玩什么呢？"我问，语气里带着烦扰和刺痛。

"我不知道，你说吧。"

"猜谜吧。"我尖刻地说道。

又是一串银铃般的笑声："我不懂那是什么。"

"那么让我们散散步吧。"我瞥了她一眼，注意到她有张纯净漂亮的脸。

"你住在哪里？"我问道。

"那里。"她指着一排夏季别墅。真奇怪，现在是冬天，她怎么来这儿。"你在哪里上学？"

"我不去学校，妈妈说我们正在度假。"

在我们沿海滩走的时候，她那小姑娘式的絮语喋喋不休地陪伴着我，我却老是在想心事。可当我准备回家时，旺迪说今天是个快乐的日子，我的感觉也奇怪地好了起来，我微笑着点头表示同意。

三个星期后的一天，我冲向海滩，心绪坏到极点，甚至不想见旺迪。我似乎看见她的母亲倚在门廊旁，试图把孩子关在家里。

当旺迪追上我的时候，我发怒地说道："嘿，如果你不介意的话，今天我想独自待一会儿。"

"怎么啦？"她问道。

我转向她，高声喊道："因为我的母亲去世了！"可同时我心里的一个声音在喊："上帝啊，为什么跟一个小孩子说这些？"

快乐在于选择

KUAILE ZAIYU XUANZE

"哦,"她平静地说道,"今天是个坏日子。"

"是的,昨天也是,前天也是。嘿,见鬼去吧!"

"伤心什么?"她说,"当她去世的时候。"

我对她、对自己都想大发雷霆。

"当然伤心!"我喊道,并不理会她的话,陷入深深的悲痛之中,我径直走了。

一个月以后,当我再次来到海滩,她没在那里。一种负罪感袭来,我很想念她,这种想法使我感到羞愧。散步之后,我赶到夏季别墅,敲开了门。一个有着浅黄头发的年轻女人开了门,她的脸充满了悲伤的神色。

"你好,"我说,"我是露丝·彼得森。今天我很想念你的小女儿,她在哪里?"

"啊,彼得森夫人,请进。旺迪常常说起你,如果她给你添了麻烦,请接受我的道歉。"

"不,不,她是个讨人喜欢的孩子。"我说,忽然间我意识到我内心里也真这么想。

"旺迪上周死了,彼得森夫人,她患有心脏病,也许她没告诉你。"

一时间我仿佛被击昏了,说不出话。我摸到一张椅子坐了下来,几乎快要窒息了。

"她喜爱海滩,所以她要求来这里,我们没法拒绝。她在这儿快活多了,并且过了很长一段她所说的快乐的日子……"她嗓音哽咽,"她有件东西给你……如果我能找到的话。你能稍候一下吗?"

我笨拙地点点头,此刻,我正冥思苦想,希望能找到安慰这位年轻妇女的话语。

她递给我一个信封,上面是稚气的字迹:"彼得森夫人"。里面是一幅用五彩蜡笔作的画,黄色的沙滩,蓝蓝的海,一只棕色的鸟。下面是她精心写的一行字:矶鹞给你欢乐。

热泪夺眶而出,一颗几乎忘却爱的心如今彻底地敞开了。我

一、月亮的孩子

把旺迪的母亲拥进怀里。"我很抱歉,很抱歉,我太难过了。"我一遍遍地说着。我们相对而泣。

这幅珍贵的画如今嵌在镜框里,放在我的书桌上。这六个字中的每一个字代表了旺迪一生中的一年——给我以内心的宁静、勇气和不求回报的爱。这礼物来自一个有着一双海蓝色眼睛、沙滩色头发的小姑娘,是她使我懂得了爱的珍贵。

悲伤可以自行料理;而快乐的滋味如果要充分体会,你就必须有人分享才行。

——马克·吐温

比起天际的阴云来,心灵上的阴云更能遮蔽大地,使它黯然失色。

——拉马丁

冰的画（节选）

【宗 璞】

可能是近来睡得太多了，这一天岱岱醒得特别早。妈妈已经走了。他想看窗外的大树，但是看不见。他以为窗帘还没有拉开，屋里却又很亮。他仔细看看，原来窗上的四块玻璃，冻上了厚厚的冰，挡住了视线。

"一层冰的窗帘。"岱岱想。今天一定冷极了。他想找一个缝隙望出去，目光在冰面上搜寻着。渐渐地，他发现四面玻璃上有四幅画。那是冰的细致而有棱角的纹路，画出了各样轮廓。

右上首的一幅是马。几匹马？数不清。马群散落在茫茫雪原上，这匹马在啃嚼什么，那匹马抬起头来了。因为冰的厚薄不匀，它们的毛色也有深浅。忽然，马匹奔跑起来，整个画面流动着。最远的一匹马跑得最快，一会儿便跑到前面，对着岱岱用蹄子刨了几下，忽然从画里蹿了出来，飞落在书柜顶上。

"哈！你好！"岱岱很高兴马儿来做伴。"你吃糖么？"

马儿友好地看着岱岱，猛然又从柜顶跃起，在空中绕着圈子奔跑。它一面唱着："我是一匹冰的马，跑啊跑啊不能停；我要化为小水滴，滋养万物的生命。"它的声音很好听，是丰满厚重的男中音。跑着跑着，它不见了。

岱岱忙向玻璃上的冰画里找寻，只见右上首冰画中万山起伏，气势十分雄壮。远处一个水滴似的小点儿，越来越大，果然是那马儿从远处跑进这幅画中了。它绕着各个山峰飞奔，忽上忽下，跳跃自如。一会儿，山的轮廓渐渐模糊了，似乎众山都朝着马儿奔跑的方向奔跑起来。"群山如奔马。"岱岱想。这是妈妈往西北沙漠中去看爸爸时，路上写的一句诗。

一、月亮的孩子

左下首的冰画是大朵的菊花。细长的花瓣闪着晶莹的光。花儿一朵挨着一朵。岱岱的目光刚一落上,它们就一个接一个慢慢地旋转起来,细长的花瓣甩开了,像是一柄柄发光的伞。忽然有什么落在伞上了。是一个小水滴吗?水滴中还是那匹马。它抖了抖身子,灵巧地踏着旋转的花瓣跳舞。对了,妈妈昨晚讲过在唐朝宫廷里象和马跳舞的故事。该给它们配点音乐才好。岱岱伸手去拿录音带盒。真糟糕!忘记问妈妈象和马跳舞都用什么音乐了。

马跳着,花瓣也参加了,好像许多波纹,随着马的舞姿起伏。一会儿,马停住了跳舞,侧着头屈了屈前腿,便从花瓣上飘然落下。在它落下来的瞬间,细长的菊花瓣齐齐向上仰起,好像是在举剑敬礼。

右下首的冰画中只有一棵松树。一丛丛松针铺展着。冰的松针,冰的松枝,冰的树干。树干嵌入窗棂中,像是从石缝里长出来的。树干向上斜生,树枝则缓缓向下倾斜,一丛丛松针集在一起,成为一个斜面。斜面上有一滴亮晶晶的东西滚动着。那马儿还在里面!随着水滴的移动,树枝的斜面越来越向下,马儿的长长的鬃毛飘起,它在向远处飞奔。越来越小,然后水滴里什么也没有了,像一个透明的球,一直滚落在窗台上。

岱岱忽然看见窗外的大树了。它那光秃秃的枝丫,向冬日的天空伸展着。冰画都消失了,只有一层淡淡的模糊的水汽。

窗台上湿漉漉的。太阳出来了。

人在童年,上帝总是要他天真的。

——雨果

快乐在于选择
KUAILE ZAIYU XUANZE

白雨衣

【爱 亚】

我是老三，上面有分别长我四岁和两岁的姐姐。也就是说，顺理成章的，二姐捡大姐的衣裳穿，我捡二姐的衣裳穿。两个人穿过的衣服到我身上之后是个什么面目，可想而知。家里不宽裕嘛，又是最后的孩子了！童年时期的我，好像始终是一个黑黑的、瘦瘦的、不整不齐的小家伙！

五年级了，我没有雨衣。记忆中的我在新竹中央戏院的门廊下看电影海报上的九敏、林黛、钟情——因为下雨，再过去的路必须穿过中正堂前打棒球的广场。场子太大，我准会湿个透，要等雨小，或是运气好，有认得的带雨具的同学经过可以挤一挤。夏雨过后、秋雨又来了，父亲看我实在熬不住，咬咬牙，给我买了一件雨衣。

白色的雨衣，是那时刚刚才在台湾出现的塑胶制品，那时候还叫"尼龙"。薄薄的、半透明的，穿在身上朦胧地能看见里边的衣裳、书包和胳膊、腿。我摸了又摸，穿了又穿，手指触抚着那平滑的衣袖、深深的口袋，小小的人心里发誓：长大了一定要好好孝顺父亲！

第二天喜滋滋地告诉同学我有了新雨衣，又大大地夸张渲染了一番自是不在话下。可是，天不下雨！我每晚在家里都穿好一会儿雨衣，然后依依不舍地脱下，小心翼翼地折好，再去洗澡，洗那一身汗："干"穿雨衣而捂出来的大汗。白天上学当然免不了也有相思之时，有一次竟惹得老师走下讲台到我座旁来摸我的头。他以为我病了！足见相思之殷、之切！

终于，我没等到下雨就把白雨衣带到学校了！好些同学都过

一、月亮的孩子

来好奇地抚摸着,毕竟白色的尼龙雨衣他们也没见过。我得意洋洋,神气得很!到处蹦着装模作样地躲他们"穿新衣,打三下"巴掌的规矩,心里快乐极了!

还记得,那天是星期六,下午不上课,中午扫除的时候打雷了!晴空万里霎时变作乌云密布,每个同学都在叫"糟糕",只有我笑得合不拢嘴,忙着答应和回绝要和我"挤一挤"一起回家的同学。

下雨了!我永远忘不了那一路上四个小女孩搂搂拥拥、挤挤推推又嘻嘻哈哈的快乐!我永远也忘不了!

>>>>> 有这么两个世界:一个是用线和尺寸丈量的世界,一个是用心和想象去感受的世界。

——亨 特

>>>>> 儿童的玩具和老人的智慧是两种不同季节的果实。

——布莱克

二、童心小世界

ER TONGXIN XIAO SHIJIE

第三天,土豆变成了小狗 / 琳达·斯德韦
心愿 / 肖　鸿
魔笛 / 彼·杰多夫
钟楼·书 / 郭　风
咒语 / 孙文圣
月亮树 / 孙　也
童心小世界 / 王士学
送给妈妈的阳光 / 向　阳
口水龙 / 管家琪

快乐在于选择
KUAILE ZAIYU XUANZE

第三天，土豆变成了小狗

【琳达·斯德韦德】

一个多月来，我4岁的儿子谢恩一直在向我们要一只小狗，但是他的爸爸坚持说："不能养狗！狗会在花园里用爪子刨地，会撵鸭子，会掐死兔子。不能养狗，坚决不行！"谢恩每天晚上都会向上帝祈祷要一只小狗，而每天早上，当他看到外面没有小狗的时候，他就十分失望。那天，我正在削土豆准备做晚餐，他就坐在我脚下的地板上，第1000次问我："爸爸为什么不让我有一只小狗？"

"因为它会惹出许多麻烦。别哭，也许有一天爸爸会改变主意的。"我安慰他。

"不，他不会改变主意的，这100万年我都别想有一只小狗了。"谢恩号啕大哭。

我看着他那脏兮兮的、涕泪交流的小脸，心想："我们怎么能够拒绝他这唯一的希望呢？"于是，我说："我有一个办法可以使爸爸改变主意。"

"真的吗？"谢恩用手抹了抹眼泪，吸着鼻子问。

我递给他一只土豆。

"拿着这个。你要一直带着它，直到它变成一只小狗。"我低声说，"你要一直看着它，一刻也不要放松。你要一直把它带在身边，到第三天，你用一根绳子系住它，拉着它在院子里到处跑，然后看看会发生什么事情！"

谢恩用双手抓住那只土豆，"妈妈，你如何能使一个土豆变成一只小狗呢？"他把土豆在他的小手里翻过来倒过去地看。

"嘘！这是一个秘密！"我低声说道，然后就让他自己玩去了。

二、童心小世界

"上帝,你知道一个女人必须得使她的家庭保持和平!"我祈祷道。

谢恩虔诚地把它的土豆带在身边两天:他睡觉的时候带着它,洗澡的时候带着它,并且跟它说话。

到了第三天,我对我的丈夫说:"我们确实应该为谢恩养一只宠物。"

"你为什么会认为他需要一只宠物?"我的丈夫斜倚着门框问。

"噢,他把一只土豆带在身边有好几天了。他把它叫做韦利,说它是他的宠物。他睡觉的时候把它放在枕边,刚才他用一根绳子系着它,现在,他正拖着它在院子里跑呢。"我说。

"一只土豆?"我的丈夫边问边透过窗户向外看去,他看到谢恩正带着他的土豆在院子里散步。

"如果土豆被磨成了土豆泥或者腐烂了,谢恩会伤心的。"我说着开始准备午餐,"而且,每一次我想削土豆做晚餐的时候,谢恩都会大哭,他说我正在杀死韦利的家人。"

"一只土豆?"我的丈夫问道,"我的儿子有一只宠物土豆?"

"噢,"我耸了耸肩说,"你不让他有一只小狗。他太失望了,可是他非常想要一只宠物……"

"他简直疯了!"我的丈夫说。他又盯着我们的儿子看了几分钟。

"我今晚就带一只小狗回来。"

"小狗总比一只土豆好。"他叹着气说。

那天晚上,谢恩的爸爸带回家一只摇头摆尾的胖嘟嘟的小狗和一只怀孕的白色大母猫。那只母猫是他在动物收养所看到之后因为同情而带回家来的。每一个人都很高兴。我的丈夫认为他拯救了他的儿子,使他免于精神崩溃。谢恩有了一只小狗、一只老猫和五只小猫,并且相信他的母亲有一种能够把土豆变成小狗的神奇魔力。我高兴则是因为我重新拿回了我的土豆,可以用它做晚餐了。

一切都很完美,直到那天晚上,当我正在做晚餐的时候,谢

恩拽着我的衣服问:"妈妈,你认为我在我生日那天能得到一匹小马吗?"

我看着他那可爱的小脸说:"噢,这次我们得拿一只西瓜了……"

要尊重儿童,不要急于对他作出或好或坏的评判。

——卢 梭

人的幻想是没有止境的,儿童的幻想更是无边无际。因为孩子的心灵比成人的心灵更加秘密——儿童的心灵是纤尘不染的,而被生活所磨炼出来的成长,心灵深处却显然存在着这种纤尘的污痕。

——高尔基

二、童心小世界

心　愿

【肖　鸿】

吃过晚饭，母亲忙着似乎永远也忙不完的家务。刚上五年级的女儿大声嚷道："妈妈，问您个问题，您的心愿是什么？"

母亲先是一愣，接着回答："心愿很多，跟你说没用。""您就说说看，这对我很重要。"女儿执拗地要求。

"好吧，就说给你听听。第一，希望你努力学习，保持好成绩；第二，希望你听话，不让大人操心；第三，希望你将来考上名牌大学；第四……"

"哎，妈妈，您怎么总是围着我打转转，能不能说说您自己呀？"

"我嘛——，一是希望身体健康，青春长驻；二是希望工作顺心，事业有成；三是希望家庭和睦，美满幸福；四是……"母亲有滋有味地历数着，沉浸在对美好未来的种种设想之中。

"哎呀，妈妈，您说的这些又大又空，能不能说点实际的？比如您想要……"

母亲渐渐意识到什么了，有些火大地打断女儿的话："我就知道你跟我玩心眼儿，一定是老师留了关于心愿的作文题目，你写不出来就想到我这里挖材料对不对？实话告诉你吧，我的心愿多着呢！我想要别墅，我想要小轿车，我想要高档时装，看，我的皮包坏了，还想要一只鳄鱼皮手袋，这些你都能满足我吗？跟你说顶什么用？心愿说完了，你去写作业吧。"

女儿一直用惊诧的目光看着母亲，她没说一句话，静静地走回自己的房间。

屋子空旷旷的，安静得只听见墙上的钟摆声，母亲觉得有些

快乐在于选择

话还意犹未尽,又站起身推开女儿的房门。女儿正在写作业,串串泪珠滚落,不停地用手背擦着,母亲的火气又蹿上来了,比刚才的声音还要高出几个分贝,吼道:"你还觉得挺委屈是不是?你想偷懒写作文是不是?你故意气我是不是?"

"妈妈,我不是……"

"还敢顶嘴!告诉你,9点钟之前写不完这篇作文有你好瞧的!"母亲很权威地命令着,一扭身嘭地把门关上。

第二天晚上吃完饭,女儿照例进屋写作业,母亲照例重复着每日必做的家务。蓦然间,她发现茶几上多出一束鲜花,鲜花旁放了一个包装袋,包装袋上放了一张小纸条,纸条上面写着:

妈妈:

  今天是您的生日,我用平时攒的零花钱和这两年的压岁钱给您买了一只鳄鱼皮包。让您高兴,是我最大的心愿。

         想给您一份惊喜却不小心惹您生气的孩子

母亲的心颤抖了,呆呆地坐在沙发上说不出一句话。

很多时候,大人的心愿太高太不切合实际,过分关注自身却寄希望于外物,烦恼往往由此而生。而孩子的心愿简单明了,朴素真挚,却往往在不经意间被大人忽略掉了。很多时候,稚嫩的童心需要大人们耐心的呵护与培养。善良的性格与美好的品德不就是在一点一滴中形成的吗?

童心纯净,童心无欺,童心是一片不可忽略的世界啊。

二、童心小世界

魔 笛

【彼·杰多夫】

战后就来到我们村庄的是这样一个人,特罗莎大叔——一个身体瘦弱的男子,满是皱纹的脸上,有两只蓝得出奇、蓝得像阳春的天空似的眼睛。

听说,他的故乡在库尔斯克近郊,那儿被德国人烧了个片瓦无存,他的父母也不知去向,音信皆无。他的一位战友,我们村里的尼可拉依本人还在国外某地工作,尼可拉依的父母像欢迎亲生儿子一样收留了这位残疾战士,于是特罗莎大叔就住在他家里了。他的颈部受过重伤,因此总是歪着头,那姿势活像一只凝视着谷粒的麻雀,特罗莎大叔那张宽帽舌下晒得黑黝黝的脸,和特别敏捷麻利的动作,也使人模模糊糊地联想到麻雀。

他当了集体农庄的牧牛人。一天早上,朝霞初现,我们全村人都被一种奇怪的声音唤醒了。以前我们从来没听见过那种声音。无拘无束的悦耳的旋律,在深蓝的空中飘荡,忽高忽低,若隐若现……连大嗓门儿的雄鸡都惊得停止了打鸣;椋鸟则改变了它们的曲调,随声伴唱起来。村里的老大娘们觉得奇怪,跑到门外来瞧。只见特罗莎大叔面带自豪,大步流星地在村里大道上走着,他仰着头,在吹一支用直直的牛角做的长笛。他就像按手风琴的琴键似的,用手指头按他那支笛上的小洞,吹出的音时而慢长时而洪亮,时而像春天的溪水一样细碎而温柔。

不久,全村人都听惯了这清晨牧牛人的笛声。黎明,它唤醒了农妇们,那些被繁重的劳动和过多的忧虑压得经常愁眉苦脸的女人们,现在都会对特罗莎大叔微笑。

母牛更是叫人难以理解。以前的牧牛人要费很大劲,才能把

快乐在于选择

牛群从村里赶到村外去——放大炮般抽得山响的鞭子,抽得母牛东躲西藏,时常闯入人家的院子和菜园。现在,牛群却自己走出大门,走上大道,规规矩矩地跟在特罗莎大叔后面,顺从地走向田野,就像一支在统帅率领下的有犄角的军队。

不少人感到这件事不可思议,我们孩子们也都十分惊讶。

"大叔,牛会听音乐吗?"我们问特罗莎大叔。

"当然,"他不动声色地回答,"我的牧笛可不是普通的笛子,这是一支魔笛。"

"还有魔笛?"我们半信半疑地说。

"嘿,你们要是不信,那就在明天太阳出来之前,到阿尼辛池塘边去看看!我让你们见识一下比这还要奇怪的事儿……"

晚上,我们跟母亲说好了第二天早上早点叫我们。天刚蒙蒙亮,我们就到池塘边去了。特罗莎大叔和他的牛群已经在那里。

阿尼辛池塘的边上,长满了绿色的浮萍,宽大的睡莲叶子浮在黑糊糊的水面上,像一些缝上去的大补丁。

一阵微风吹来,池塘中起了涟漪,睡莲的叶子在水上噼噼啪啪地拍起了巴掌。狗鱼的身影,在水深处一闪而过;一群小鱼蹿上水面;一条极小的小鳊鱼掉在叶子上,打了几个挺儿,翻了几个跟头,又重新落回水里……

特罗莎大叔答应过让我们看奇迹,于是我们等待着。稍扁的火红的太阳,从地平线下冒了出来,开始缓缓地上升。就在这一刹那,奇迹发生了。

"你们瞧着,我一吹魔笛,睡莲的花就开了!"特罗莎大叔郑重其事地说。

清脆的牧笛声,惊破了清晨的寂静,周围睡梦中的世界一下子苏醒了,从草原上发出了自由而奔放的悦耳声音;看上去卷得紧紧的褐色睡莲花蕾开始绽裂、蠕动——活像在起飞之前舒展翅膀的金龟子。我们眼看着睡莲慢悠悠地开了:从花蕾里,先露出耀眼的洁白色,然后伸出了晶莹的花瓣。阳光射过它们,变成了浅粉色。

二、童心小世界

  这奇迹，这并非梦境中的童话，使我们像着了迷似的呆立在池边。牧牛人还在继续吹魔笛，把他那做工粗糙的牛角笛子，时而放得很低，时而举向天空。他脸上的那双水汪汪的眼睛，蓝得像矢车菊。我们忽然发现我们的特罗莎大叔还非常年轻，只是被战争折磨得憔悴不堪、面目全非了⋯⋯

  打那以后，已经过去了许多年。我早已识破了特罗莎大叔的魔法：我从知识性读物里知道，睡莲有一个有趣的特点——总是在同一个时间开放，早上6点开，晚上7点钟闭合。

  是的，童话里才有奇迹。但是，在我的童年时代，残疾牧牛人用做得很粗糙的魔笛吹出的那个童话，至今还活在我的心中。直到今天，我还能在想像中看见草原上那愉快的早晨，睡莲在黑玻璃似的水面上缓缓地展开，活像夜空里逐渐明晰的硕大的星辰，只有在草原上才能看到的星辰。

  我不知道，会不会有某个人跟睡莲一样纯洁、充满朝气的心，迎着我的童话开放⋯⋯

> 有了光明与黑暗的均衡的节奏，有了儿童的生命的节奏，才显出无穷无极、莫测高深的岁月。
>
> ——罗曼·罗兰

钟楼·书

【郭　风】

　　我念书的学校，叫凤山小学，是在一座古寺的旧址上建起来的，现在这里还有一座古老的木塔和一座钟楼。

　　——有人说，这座钟楼上原来有一口铜钟，天正要亮时便响起来。钟声一直传到五里外的凤山桥，又传到二十里外的兴化湾。

　　这座钟楼，现在是我们的阅览室，四面都是玻璃窗。楼上有很多书架和书。

　　——我很喜欢到阅览室来。

　　有一天，我看到一本书，一下子看见上面画着一座大森林。不一会儿，走出一位熊猫阿姨来。她戴一副眼镜，穿着围裙，在森林的草地上办一所幼稚园。我赶紧把书翻下去，这下看见好多小朋友：小刺猬弟弟、小白兔弟弟、小青蛙弟弟、小松鼠弟弟，都坐在幼稚园的小椅子上了；我赶紧把书再翻下去，看见小袋鼠弟弟背起书包，从澳洲大沙漠跑来了；随后，看见长颈鹿小弟弟从非洲坐一条独木舟来了……

　　我好像听见书里有一阵音乐传来了，我看见熊猫阿姨已经坐在钢琴前面，弹起好听的歌曲了；我看见小朋友们按照歌曲的节奏，踏着拍子了；我看见熊猫阿姨向长颈鹿小弟弟看了一眼，长颈鹿小弟弟马上踏着舞步在草地上跳舞了。他像马戏团的小狮子那样跳舞，他又跳了一个非洲黑人孩子的土风舞。

　　——我非常喜欢到我们学校的阅览室，它原是一座钟楼。

　　有一天，我看到一本书，里面有一幅一幅的画。我看见有一幅画，上面画着一大片北冰洋的雪景，所有的山，都是冰山，山

二、童心小世界

下有村落，那屋顶和长方形的烟囱都盖着雪。我仔细一看，那村落前面的雪地上，停着好多雪橇，几只小猎犬在那里跑来跑去……

一会儿，我好像看见许多村屋的门都开了，走出一群爱斯基摩的渔夫来。他们都穿着用厚厚兽毛做的长靴子，拿着鱼叉。他们坐上雪橇出发了。他们要到北冰洋上去捕鲸鱼，还是去捕海马呢？

我看见许多爱斯基摩的小朋友，还有猎犬，都跟着雪橇往海岸边跑去了……

——真的，我非常喜欢我们学校的阅览室，它以前是一座钟楼，现在楼上放着好多书架和书。

有一天，我看到一本书，它给我讲丹麦的老爷爷安徒生的故事。书里有照片和画……

太好了。安徒生老爷爷的爸爸，原来是一位贫苦的鞋匠，他读过很多的书，还在家里给小安徒生办了一个玩具戏院。从这本书里我还知道安徒生老爷爷会画很多美丽的图画，会剪很多好看的剪纸；还知道安徒生老爷爷非常喜欢旅行，他曾到俄罗斯、芬兰、荷兰去旅行，也在瑞士的山村里旅行过……

得！得！得笃，得笃……

我好像听见有一阵车轮滚动的声音从书里传出来了。这时，我看见安徒生坐在一辆马车上，他戴着一顶礼帽，领子上结着蝴蝶结，从他的故乡奥登塞出发了。他要出去做客么？他要到一个幼稚园里去给小朋友讲故事么？他要到非洲去旅行么？

一会儿，我好像看见安徒生老爷爷的马车，走过一座北欧的森林了。噢，他的马车这时穿过瑞典的一座森林么？他的脸上显出沉思的样子，他在想着，给拇指姑娘一个胡桃壳雕成的小摇篮，要用蓝色紫罗兰的花瓣做垫子，用玫瑰的花瓣做她的被子；随后，他轻声地唱起一支《金龟子啊，飞走吧……》。

一会儿，我看见安徒生爷爷坐在马车上，脸上好像有一种宽慰的微笑。因为，他已经知道国王和臣仆们赶到城里去了，那花园里的玫瑰花已经坐上王位，鸡冠花们正分成两队，在两边站着

快乐在于选择
KUAILE ZAIYU XUANZE

……

——我非常喜欢到我们学校的阅览室来。在很早以前，它是一座钟楼，有一口铜钟。

这座钟楼，现在四面都是玻璃窗。从玻璃窗里，能够看到木塔和远处的荔枝林。越过荔枝林，能够看见我们家乡的大海和兴化湾，那里有许多船。有一天，我忽然想起来了，我要是能够从兴化湾乘船出发，到安徒生老爷爷的故乡奥登塞去看看，有多么好！接着，我就从奥登塞再出发，向北航行，去看看爱斯基摩人的渔村。到了晚上，便住在他们雪盖的屋子里，说不定能够从窗口看到美丽的北极光呢。

我念书的学校，有一座钟楼，现在是我们的阅览室……

要是童年的日子能重新回来，那我一定不再浪费光阴，我要把每分每秒都用来读书！

——泰戈尔

二、童心小世界

咒　　语

【孙文圣】

贾佳一边走一边抹着眼泪。

语文课上，老师要她回答问题，她刚站起来同学们就哄起来！还喊着："羊，小羊儿！"她傻愣愣的，不知自己哪儿可笑。老师走来，从她的发刷上取下两只纸卡子。

"这是谁搞的？上课时不要开玩笑！"老师也抿嘴笑着，声音并不严厉。

贾佳知道这是谁的恶作剧。顽皮鬼张小强就坐在她的后面。

回家路上，小强一个劲儿地向她道歉。

为了躲开他，贾佳向街旁的花园走去。小强尴尬地站住了。

有个阴沉的声音在贾佳耳边响起："那边藤萝架下有块红石头，在上面写下你的咒语！"

贾佳回过头，身边却没有人。

她以为自己气得耳朵都糊涂了，就又往前走。可那声音又响起来："那边藤萝架下……"

她找到藤萝树，藤萝架旁的石墙上果然有一块红石头。她奇怪了！

写咒语，写什么呢？——她把手伸进衣袋，摸到了一段粉笔。她想写句咒小强的话。

"张小强，变小狗！"

刚写完，大路那儿就有人骇叫。她转身一看，见小强跌倒了，痛苦地翻滚，接着变成了一只小白狗！——他原穿着白色的衣裤。

贾佳惊傻了！

小白狗团团地转，哀哀地叫，像哭。

快乐在于选择
KUAILE ZAIYU XUANZE

"小强！小强啊！……"贾佳向它跑去。

她抱起小白狗，哭喊着："小强，你真的变成狗了，这可怎么办呀？……"

贾佳抱着小狗又回到藤萝架下。天快黑了，这里暗暗的。可那红石头闪着荧荧的光，字也很清楚。她放下小狗，扑上去，用衣袖使劲地擦抹着，字没了。她回头看，希望看到变回人形的小强。——可她看到的仍是小狗，它在呜呜咽咽地叫，像求饶。

贾佳绝望了，跌坐在地上痛哭起来。

她隐隐地听到一阵笑声，那声音说："咒语得用咒语来破解。哭，有什么用！……"

"快说，告诉我破解的咒语！"

可是，那看不见的人没有回答她。

贾佳抹掉泪水，转身在那石头上急急地写："我错了，让小强变成人吧！他和我开玩笑，不要惩罚他！我收回咒语，不作数！他是个男孩，我不怪他！……"

她写呀写呀，可是小白狗还是小白狗！

忽然，她停手了。她觉得那看不见的人在骗她——那破解的咒语她并不知道。那小强算是没救了！她抱着小白狗蜷缩在藤萝架下的角落里。她觉得这世界上没人能帮助他们。

小强是顽皮点，可哪个男孩子又不顽皮呢！——这时贾佳想到的全是他的优点，那些让人讨厌的缺点一点也想不起来了！小强帮她做数学题，心眼儿那么灵，又那么耐心；把顶好的玩具给她玩，一点也不吝啬；一群淘气鬼欺侮她，是小强给解了围，他自己挨打；她病了，男孩子没人来看她，就只有他……

"小强，我要好好地喂养你，给你造一间很好的狗窝。我要天天给你洗澡，带你出去玩……"她说。可是这样就能补偿他么？安慰他么？就能改变不幸么？就能使他不痛苦、不寂寞么？她摇摇头。

"有了。"她终于有了一个主意。她放下小狗，站起来走到红石头面前，用粉笔一笔一画地这么写："让我也变成小狗吧，好永

二、童心小世界

远地陪伴他!"

身后有了动静,回头一看,小狗变成人了。

张小强泪水扑簌簌地站在她面前!

那破解的咒语终于找到了!

两个孩子紧紧地拉着手,跳呀,笑呀,哭呀……

月牙儿出来了,这真是个美丽的夜晚。

礼貌是儿童与青年所应该特别小心地养成习惯的第一件大事。

——约翰·洛克

儿童幼小的心灵是非常细嫩的器官。冷酷的开端会把他们的心灵扭曲成奇形怪状。一颗受了伤害的儿童的心会萎缩成这样,一辈子都像桃核一样坚硬,一样布满深沟。

——卡森麦卡

月 亮 树

【孙 也】

苏菲热爱写作，而且求胜心切，可她的作文水平并不算好。在她幼小的心灵里，总是非常非常的渴望老师能在全班把她的佳作朗读一遍，哪怕是一次。但是老师从来没在班上朗读过她的文章。

今天对苏菲来说，该是充满希望的一天。周末，老师布置了一篇自由作文，苏菲为此构思了好半天，再经过精心的组织，才写下了一篇自认为"非常优秀"的作文。今天，在她孩子的幼小心灵中，那种渴望被朗读的强烈意念像一粒树种，在她的心中破土、发芽、生根，长成了一棵只待结果的大树。一早上，苏菲都沉浸在一种无言的幸福中，因为她有必胜的信念。

苏菲终于盼来了那节企盼了一个世纪的作文课。课上，老师照例面带微笑地开始宣布朗读优秀的作文。此时，苏菲觉得今天老师笑得特别可爱，但随即又紧张不安起来，因为老师已经念了几个人的作文了。怎么还没有她的呢？现在，老师拿起最后一本佳作，苏菲紧张得不敢抬头，只是低着头来回搓摸着她的尺子。结果是残酷的，胜利者不是她！"叭"的一声，苏菲手中那把伴随了她五年的老尺子被掰断了。

回家路上，苏菲满脑子都是老师在她作文上的批注：态度认真，但中心不明确。这短短的十个字，就把她的心击了个粉碎。她的梦破灭了，没有了希望的心彻底绝望了。她没有了爱，她再也不热爱写作了。

在回家的路上，苏菲照例去看邻居的小女孩赫斯。这是一个内向自卑的小女孩，赫斯五岁时失去了母亲，从那以后，无论父

二、童心小世界

亲用什么办法，她都不再说话，不再微笑。苏菲同赫斯的父亲一样，希望她快乐起来。她告诉赫斯说："人死了以后，就会去月亮上生活，妈妈会在月亮上看着你和你爸爸，让你们不孤独，不受伤害，知道吗？你并不孤独。"这无疑是一个古老的美丽谎言，赫斯那双忧郁的眼睛却一下子明亮起来了，她欣喜若狂地取下了母亲给她的月亮项链，并将它种在土壤中。苏菲明白了她的意思，她想种下月亮项链后，长出一棵月亮树，等月亮树结出了月亮，她就可以见到妈妈了。苏菲骗她，但苏菲并不难过；赫斯被她骗，但赫斯很快乐，因为她们都拥有各自的希望。

可是今天的情况不太一样了。

苏菲来到那个花园，看着赫斯有条不紊地例行每一道程序：浇水、施肥、默默祈祷⋯⋯苏菲再也无法忍受，她冲过去一把抓住赫斯，毫不留情地击碎了这个孩子的梦——她告诉她那只是一个谎言，这个世界没有希望可言，人不能相信希望，希望都会被毁灭的，就像她永远不会见到她的母亲一样。赫斯抽噎、痛哭⋯⋯苏菲从地下挖出那串项链扔到地上，她哭得更凶了。

晚上，心灰意冷的苏菲听着外面的暴雨声，决定从今以后不再写作了。可她心里又总在惦念着什么："赫斯，我只是要你别像我一样为希望而生活，希望是不可能都实现的。你要懂得希望越多失望越多。"

苏菲淋着暴雨，向月亮树那儿走去。一个令她震惊的景象映入眼帘：赫斯正守卫着她的月亮树种子，用小雨伞为它挡风雨。她的衣服早已淋湿，可她却跪在那里虔诚地祈祷着，执著地为一个不可能实现的希望祈祷着。

苏菲看着这一切，泪流满面，她醒悟了，立刻向树苗出售店奔去⋯⋯

第二天，苏菲坐在桌前，像往常一样认真地写着她所热爱的作文。这时，楼下花园里传来了一阵喧闹声，苏菲分明听见一个小女孩的呼喊声："爸爸!爸爸!快下来，月亮树长起来了!"苏菲心中一片激动与幸福，对她与赫斯来说，这是一个充满了希望的世界。

童心小世界

【王士学】

一

妈妈，月亮真馋呀，天天夜里跑到屋后的大坑里偷喝水。

怎么？妈妈，你不信？真的。你看，原先坑里满满的水，都快叫它喝干了呢。

妈妈，我真的不骗你。你看，过去月亮扁扁的肚子，喝得像小西瓜一样圆绷绷了。

你笑了，妈妈。你看，它还会慢慢吐出来的，当吐尽最后一滴月辉，它便瘦死了。

噢，妈妈，我知道了：月亮是个好孩子，它喝的是水，吐出的月辉凝成露珠，挂在早晨的草叶上了。

什么什么？那露珠是奶水，小孩子的梦就是它喂大哩？

嘻嘻，那月亮就成了奶瓶子啦……

二

清晨，毛茸茸的太阳正在头上红起来。

我和伙伴们跳进瓜园。忽然，一个孩子嚷起来："看呀，这里落个太阳！"

这惊喜几乎是同时把我们的眼睛点亮的：

"这里也落个太阳！"

"这里也落个太阳！"

——差不多在每一片绿叶上都住着一个小太阳。

丫丫说："人人都有个小太阳，但咱们的不一样。"

二、童心小世界

小小囔:"太阳是谁手指上的血浆染红的呢?"

一阵风响,摇落了大片小太阳。

我在想:明天,用瓦块在当院开片地,种一片小太阳吧!再携给西邻的瞎奶奶一篮,晚上好照她上炕……

哦,关于太阳的话题总是那么长……

三

小桐树,小桐树,站了这么多年,你不嫌累吗?

我扶着你走路时,你才手指头样粗,如今长成爸爸的一只胳膊了,这不是累肿的吧?

春天,你举着一片又一片绿色的小凉席,等谁来坐呢?

你总是不说话,默默地等呀等呀,把绿色的小凉席都等黄了,等凉了。

下雪了,你把一片片发黄的小凉席收起……

第二年春,你又铺开了一片片绿色的小凉席……

四

天热了,妈妈给我铰了个月牙头。

"妈妈!你看门前的小土山,长一头那么稠那么密的绿发,为啥不叫它妈妈给铰了呢?它不怕热吗?"

"不怕热,孩子。"妈妈回答。

天冷了,妈妈给我捂上个大棉帽。

"妈妈,山上光秃秃的了,为啥不叫它妈妈给戴上棉帽子呢?难道它不嫌冷吗?"

妈妈笑了:"只有到很冷很冷的时候,才给它戴上雪白雪白的雪帽子呢。"

我想了想:"妈妈,到时候俺俩换换吧!"……

五

爸爸用青枝绿叶搭了座瓜棚。

黑天白日,瓜棚俨然一只支棱的耳朵,守望着夏季,守望着那一片青翠。

我躺在爸爸的怀里,把天上的星星数稀了,最后数成蜡黄蜡黄的月亮一轮。

一觉醒来,我发现总是搂着个枕头似的甜瓜睡。

而爸爸总是蹲在地头上,眼鲜红鲜红的,像两瓣红橘子。

我不敢摸那两瓣橘子,恐怕手一触血就淌出来,把心也打湿……

六

把个瓜抛在前面,伙伴们划着水齐追,看谁先追着好运气。

太阳的脚真烫人,把我的脊背踩得热辣辣的。

我一个猛子扎进清凉里,太阳便被隔在水上了。哈哈,太阳真的不敢下水。

洗完澡,光着身子瞄着河岸跑,且面天唱歌:

"太阳太阳你出来

云彩云彩下东北……"

果然就从一扇白云下唱出个太阳,吱吱地发着响。

大家背着太阳追着兴奋。

太阳嗖地一下放出了我们的黑影子。

我们飞跑着追,影子飞跑着逃离。

我朝着影子扑过去。哈哈,影子被我压在肚子底下了……

七

我从没见过那么大的扇子。

在我童年的夏夜里,奶奶喜爱把扇子摇啊摇。

二、童心小世界

我疑心那满天的星星、白胡子老头,还有那么多的故事,都是奶奶的扇子摇出来的。

我呢,也不知不觉地被扇进梦乡……

奶奶终于把夏天扇得远远的了,把童年扇得远远的了,也把她自己扇得远远的了。

奶奶,在遥远的世界的那一边,我是永远也够不到你了……

春花不红不如草,少年不美不如老。

——袁 牧

儿童的天真和老人的理智是两个季节所结的果实。

——布莱尔

送给妈妈的阳光

【向 阳】

这天早晨,小谨睁开眼睛醒过来的时候,阳光已经从向东的窗边溜进卧室里,抚摩着小谨的脸蛋。小谨觉得暖和和的。

有这种温暖的阳光,窗外的世界一定也很美丽吧!于是,小谨打算到屋外玩耍。

刷牙、洗脸、吃过早餐后,小谨向正生着病的妈妈说了一声便走出家门,涉过屋前的小溪,跑向前方山下的草原。

哇!多漂亮的景色啊!原野上开满了三色堇,在清凉的晨风中,微笑地向小谨招手。往上看,蓝得发亮的天空,有两三只小鸟轻盈地飞舞着。它们叽叽喳喳地一边唱着歌,一边变换姿势。远远传来潺潺的水声,仿佛是在替那几只小鸟配乐呢!

草原上蒙着一层薄薄的阳光,映在露水中,像是铺了一张缀满珍珠的地毯,在小谨脚下,闪着光芒。小谨兴奋得像小鸟一样,跳起舞来。她的头发随风飘扬,在阳光照耀下,如同金黄色的波浪,一浪又一浪地闪烁着。

等她跑得累了,才伸直双腿,坐在草地上喘息。她胸前的围兜,闪耀着起伏的阳光。

小谨低下头,看到围兜上亮亮的这一片阳光,忽然想起病着的妈妈最近一直躺在床上,看不到阳光……

"这样漂亮的阳光,要是能让妈妈看见,她不是会很高兴吗?"小谨这么想。这时候,阳光悄悄地把她的围兜照得更耀眼了。小谨盘算着:"对了!我可以把阳光包回去送给妈妈。"

小谨立刻脱下胸前的围兜,小心翼翼地把围兜上那块灿烂的阳光包起来,赶紧向着家里跑。

二、童心小世界

小谨跑过了草原，跑过小溪。她十分谨慎地迈着步子往前跑。围兜里包着的，是妈妈最需要的阳光，可千万不能弄丢了。

过了小溪不久，小谨却被溪边的小石头绊倒了。锐利的小石片，划伤了她白嫩的小手，血跟着渗了出来。

小谨立刻爬起来，忘了手上的伤，忘了疼痛，只顾去捡掉了的围兜。

"怎么办呢？围兜掉了，阳光一定也跑了！"

还好，围兜上仍然匀称地覆满了耀眼的阳光。那块掉在地上的围兜中，除了一部分沾了些细沙以外，阳光并没有跑掉。

"喔！太阳先生，谢谢您了！谢谢您了！"小谨急忙走上前去，小心地拂掉围兜上的细沙，很慎重地把阳光又包了起来。

这次小谨更谨慎了。她把围兜抱在胸前，慢慢地走回家去。她走上阶梯，跑进妈妈的卧室。

"怎么啦？"正在看报的妈妈，瞧见小谨，吓了一跳。

小谨喘着气，迫不及待地说："妈！我在小溪那边的草地上，替您，替您带回来了——你最需要的礼物！"

"看你，衣服都弄脏了。怎么，手上还流了血？快来，妈替你上药。"妈妈急急忙忙找来了医药箱，对小谨说："小谨不乖哦！妈生了几天病，没空陪你，就野成这个样子了。"

"不！妈！"小谨退后一步，涨红了脸，"妈，我是特地为您，从草地上带回来您最需要的礼物啊！"

小谨低下头来，小心地解开围兜，说："妈，您不是最喜欢阳光吗？这几天您闷在屋里……您看，这是我特地找到、要送您的阳光呢！"

但是，怎么回事？阳光不见了！那样谨慎地包起来的围兜里，只剩下几粒细小的沙子。

妈妈明白了。她把小谨拉进怀里，包扎好手上的伤口，慈祥地看着小谨，微笑地说："妈今天好高兴哦。谁说阳光跑掉了？你看，阳光亮在小谨的眼里呢！"

小谨眨眨眼，望着妈妈，偎着妈妈，也高兴地笑了。

这时，太阳爬得更高了，阳光洒进卧室里，正好照在妈妈和小谨互相依偎着的脸上。

快乐在于选择
KUAILE ZAIYU XUANZE

口 水 龙

【管家琪】

"口水龙"独自住在蓝色的海边,他是前几天才刚搬来的。

其实,"口水龙"并不怎么喜欢海,即使搬来海边,他仍然十分怀念从前住在彩霞森林的日子和那群可爱的朋友。

那时,他还不叫"口水龙",大家都叫他的名字"阿丹"。

阿丹是一只文静的小恐龙,他的脖子细细的,身体圆圆的,尾巴翘翘的。在彩霞森林,大家都喜欢爬到阿丹身上欣赏风景,天热时更喜欢在他身上玩耍,请他帮忙遮荫。而阿丹静静地看着朋友在他圆滚滚的身影之下玩得那么开心,心里也觉得很幸福。

这样美好的日子,谁也没想到,竟然在今年春天阿丹生了一场病之后就改变了。不知道怎么搞的,阿丹突然变得很会流口水,不仅自己鹅黄色外衣上老是一摊一摊的口水,更要命的是,口水还会多得滴下来。阿丹虽然只是一只迷你恐龙,但和他的朋友比较起来,还是庞大许多。因此,当他一滴起口水,对大象、狮子、老虎、花豹这些"小朋友"来说,简直像瀑布,大家纷纷走避。

"哎呀,阿丹又滴口水了!"

"天啊,我刚洗好澡的呀!"

阿丹非常羞惭,拼命道歉:"对不起!对不起!"不得了,他一张口,口水流得更多了。

从这时候开始,大家就改口叫他"口水龙"了。

听到这样的绰号,内向的阿丹更加沉默寡言。他努力想闭紧嘴巴,阻止讨厌的口水往外流,但总是没有多大的作用。

当他发现朋友围绕在他身边玩耍,都变得比较心不在焉,老是紧张兮兮地往上瞧时,阿丹心里真有说不出的抱歉。他非常自

二、童心小世界

责："怎么办？我给大家带来了困扰，我是不是该自动走远一点？"但是，他实在舍不得这些朋友，也舍不得美丽的彩霞森林。"啊，我怎么会有这种怪毛病，我真是天底下最可笑的恐龙！"阿丹忍不住自怨自艾起来。

至于"小朋友"们，其实也常偷偷聚在一起伤脑筋。

老虎说："怎么办？这么久了，'口水龙'的毛病好像都没好转。"

狮子说："我建议以后天天穿雨衣。"

"你不怕这样会伤了'口水龙'的自尊心吗？"兔子、花豹都很反对。

"可是我们这样成天躲他的口水，阿丹心里一定也很难过啊！"大象说。

大家你一言，我一语的，就是想不出一个两全其美的好办法。

有一天，阿丹发现他的小朋友都不见了，全森林的动物好像变成空气似的，统统都不见了。

"也许他们临时有重要的事要做吧！"阿丹安慰自己。

第二天，依然一个朋友也没出现。"大概是事情还没做完。"阿丹还是强作镇定。

到了第三天，他再也受不了。"啊，他们终于抛弃我了！"阿丹好伤心，趴在山上大哭起来，哭得满脸水糊糊的，泪水、口水全部混在一起。

于是，阿丹就这样离开了彩霞森林，来到蓝色的海边。

"他们叫我'口水龙'，也许我应该干脆学做一只'水龙'，成天泡在水里的话，别人就不会注意到我老是流口水了。"阿丹难过地想着，他觉得自己已经心碎了。

当大象一伙找到阿丹时，他几乎整个身体都藏在大海里。

大象首先朝着他大喊："哎！口水龙，你躲在这里干什么？"

乍见老朋友，阿丹真是又兴奋又激动，但一想起他们的无情，又强迫自己装得无所谓："喔，没什么，我只是想做一只水龙。"

"干吗要做水龙啊？"大家忙着合力推一个大盒子，大象还在

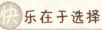

快乐在于选择
KUAILE ZAIYU XUANZE

叫他："口水龙你看！这是我们送你的小礼物。"

阿丹这才回过身来，很不明白地问道："为什么要送我东西？"他心里真正想问的是："你们不是不理我了吗？"

老虎嚷嚷着："哎呀，你快打开来看嘛！"其他的朋友也一起笑着闹着："是啊，快打开看！"

阿丹好奇地拨弄一下那盒子，然后小心翼翼将盖子揭开来——

一条围兜！居然是一条围兜！

老虎说："这是大象的主意，以后你戴上这条围兜，就可以用来擦口水了，而且你也不会再老是嘴巴糊糊的，好难受。"

狮子说："我们发动全森林的动物，大家把家里吸水力最棒的床单集合在一起，缝了三天三夜才缝好的。"

"你怎么跑掉了嘛！"小白兔还在喘气，"害我们大家推着这盒子到处找你，累死了！"

大象说："好啦！别泡水啦！我们都知道你不喜欢海的，快跟我们回家吧！"

大家都在七嘴八舌地说话，只有阿丹不知道该说什么——他太感动了！

当阿丹好不容易压抑住想哭的冲动（他不希望把这些可爱的朋友淋湿），从海里站起身来，准备回彩霞森林时，大家这才看清楚他的脸，愣了好一会儿，一个个吃惊得叫起来："口水龙，你什么时候多了一颗大门牙！"

阿丹赶快摸摸自己的嘴，也吓了一跳：他不过在海里躲了几天，怎么就多出了这个玩意儿？

说也奇怪，自从多了这颗大门牙，阿丹就不再流口水了。不过，阿丹还是天天系着那条五颜六色、七拼八凑的围兜，因为这条围兜让他知道，他的朋友有多爱他！

三、奇妙的王国
SAN QIMIAO DE WANGGUO

郁金香花圃 / 詹姆斯·里维兹
把家弄丢了 / 汤素兰
倒长的树（节选）/ 钱达尔
"下次开船"港（节选）/ 严文井
艾米尔怎么把头卡在汤罐子里 / 阿斯丽德·林格伦
皮皮回到威勒库拉庄 / 阿斯丽德·林格伦
面包房里的猫 / 琼·艾肯
鞋匠和小精灵 / 小伯格·埃森维恩

郁金香花圃

【詹姆斯·里维兹】

早先,有个老太太,单身一人住在西边的一所茅舍里。她有个小花园,那里面种着玫瑰和石竹,也种着各种凉拌和熟吃的蔬菜。但她花园中的明珠,却是那块郁金香花圃。老太太对这块地精心耪土耘草,因为她对自己种的这郁金香,感到十分得意。的确,瞧上去也真是赏心悦目,过路的行人没一个不对这雅致的美花驻足欣赏。这儿的郁金香有粉红色的,有正红色的,也有黄色、白色和紫色的。一棵棵都颀长、笔直,从卷曲的尖叶之中,伸举出硕大的花朵,在初夏的微风里轻轻摇曳。

在那个时候,有些细小的精灵,也就是老乡们称之为小妖精的东西,正住在这块地方。她们最喜欢出没的地点之一就是老太太花园之外的一块田野。她们之所以选中这块野地是因为这一带从没闯进过爱管闲事的生人。她们可以在这里无忧无虑地尽情游戏,在月夜的树丛之下,载歌载舞。可是有件事老给她们带来麻烦。在暖洋洋的夜晚,月色皎洁,光辉铺地,她们却无法使她们的孩子入睡。那些小孩妖精常会烦恼急躁,在吊床上哭闹不停。他们的妈妈被逼得几乎发起疯来,唯恐永远不能脱身去婆娑起舞,但她们又不得不通宵耐心地坐着,给孩子们哼着曲子催眠。

后来,一个小妖精妈妈偶然想出一个聪明的新办法。一天傍晚,她抱着她细小的孩子飞过田野,来到茅舍的花园。虽然,老太太当时正在园子中,从晾衣绳上收最后几件衣服,但她并没看见这小妖精和她的孩子。这也是理所当然的事,因为肉眼本来就是看不见她们的。这小妖精飞到郁金香花圃之上,把孩子轻轻放进一朵黄色的郁金香里面,然后在上面翱翔,哼着催眠小曲,再

三、奇妙的王国

加上郁金香在微微的晚风中轻轻摇曳，孩子很快便沉沉入睡了。小妖精妈妈赶快飞着回家，换上蓟草花冠、绒毛和蜘蛛游丝合织的舞装，头一个出现在跳舞场上。一些倒霉的妈妈，直到舞会要散场时，才急忙赶来，因为那天夜里过暖，她们的孩子比往常更加磨人。

隔天夜里，所有的孩子妈妈都抱着孩子向郁金香花圃飞来，照着昨晚头一个小妖精的做法，分头安排，各人选好各自喜欢的不同颜色的郁金香花，把孩子放进里面。转眼之间，柔和的催眠歌声，在花圃上空唱开，一会儿，便传来了数十个熟睡在花中的小妖精的孩子的低声梦呓。

从那以后，郁金香长得更大更直，色彩更华美，更优雅，除此以外，小妖精们甚至还给花朵送来了一种甜蜜的香味，这种香气，普通的郁金香品种是根本没有的。村民们闻出了这股清香，有些耳朵特灵的人，在夜深人静时甚至隐隐约约听见了精灵的歌声。

对花朵的越长越美，老太太又惊讶，又高兴，从来也不肯去摘掉哪怕是一朵小花。她任凭它们成长和凋谢，让它们过着自由的天然生活，直到枯萎零落，花瓣儿落到泥土上面。她心想，今年的郁金香长得特别秀丽，是得益于风调雨顺的好天气。但第二年长得还是这样好，后年又是这样，直到最后，老太太才醒悟过来：这郁金香花圃莫非受到了小妖精的护卫！千真万确，就是这样，精灵们一直拿花朵用作她们孩子的摇篮。她们因此可以腾出手来，在附近的田野上载歌载舞，向她们的女王表示敬意。

后来，在一个寒冷的冬天，老太太逝世了，她的微薄遗物陆续发卖。一个脾气别扭的倔汉买下了茅舍。这倔汉觉得种花无用，还占了本来可以派作别的用场的地方。结果，大地回春的时候，精灵们发现，倔汉已经把郁金香花圃铲平，所有的鳞茎都被连根拔掉，委弃在一旁，原地上种满了芹菜。这时，她们一个个真是怒火冲天啊！现在，在月白风清的夜里，她们找不到安置孩子的地点啦，孩子们又烦躁起来，不肯入睡。长期以来，她们已经习

45

快乐在于选择
KUAILE ZAIYU XUANZE

惯于这种想法：郁金香花圃是她们理所当然的去处。当凡人侵犯她们的正常权利时，小妖精们也是能气愤和怨恨的，她们聚集在一起计议，发誓要向那倔汉进行报复。暖洋洋的阳光刚刚促使芹菜抽芽发绿，她们便施展法术叫芹菜全都枯死。不大会儿，没有一根芹菜的新芽能够幸免。倔汉于是改种洋葱，洋葱也遭到同样的厄运，一棵也没有长出来。不管他改种什么，胡萝卜也好，洋白菜也好，莴苣也好，菠菜也好，情况反正都一样，通通没法长好。结果，倔汉完全绝望，只好抛下郁金香花圃这块地，让它自生自灭。没过多久，这块地便杂草丛生，葛蔓纠缠了。小妖精们也永远失掉了她们的郁金香花圃，不得不另想办法去诱导孩子们入睡。

但是，小妖精们永远没有忘记曾经对她们施过恩惠的人。老太太去世之后，只有极少极少的亲友来追悼，自然无人在她坟上种花，清除坟上的杂生的荨麻和蒲公英。也因为老太太享了高寿，她弃世不久，她的老朋友都相继作古了。现在，小妖精们每逢皓月当空时，便在坟地中对她唱起挽歌，打扫她的坟墓。老太太静静地安息在坟地的一个角落里，宁谧安详，一年四季，坟上的鲜艳香花开个不断，没有露出一根杂草。她们一直这样守护了许多年，人们是啧啧称奇，不明白在整个坟地里面，为何这座墓上总是鲜花盛开，修整如新，同时又从不见有人在上面种花拔草。至于明月之夜，对老太太坟头唱着最甜蜜的歌曲的，正是那个当年在孩提时候，头一个躺在黄色郁金香花朵里摇晃着入睡的精灵。

世界上没有比快乐更能使人美丽的化妆品。

——布雷顿

三、奇妙的王国

 ## 把家弄丢了

【汤素兰】

一个下雨天，笨狼趴在小木屋的窗台上，出神地看着檐下的水沟。檐水点点，滴在水沟里，"卟"的一声轻响，就变成圆圆的水泡了。

这时，一个流浪汉来到了笨狼跟前。他是一只饿得精瘦，又被雨水淋得透湿的老鼠。他哆嗦着嘴唇，可怜巴巴地说："让我进屋暖暖身子，行吗？"

老鼠的胡子很长，笨狼看着他的长胡子，猜测："你起码有100岁了吧。"

"是呀是呀。"老鼠听笨狼这么说，便躬起背，使劲儿咳嗽两声。

笨狼让老鼠进了小木屋，给他吃了牛奶和面包，还让他睡在软软的小床上暖身子。

雨停了。太阳露出笑脸，照得门前的树叶闪闪发亮。

老鼠在床上躺得舒舒服服的，再也不想走了。他把牛奶和面包搬到床上，吱嘎吱嘎吃开了。

笨狼生气了，他说："牛奶、面包是我的！"

老鼠说："又没写你的名字，你怎么知道是你的？要真是你的，你喊它一声，看它答不答应你？"

笨狼真的大声喊："牛奶！牛奶！面包！面包！"

牛奶和面包静静地散发着香味儿，不搭理笨狼。

笨狼咽了一口口水，抓抓头皮，忽然变得聪明起来。他问老鼠："面包和牛奶上也没写你的名字，怎么知道是你的呢？"

"牛奶和面包都在我的手里，不是我的还会是谁的呢？"老鼠

答道,"你要不信,我叫它们一声,它们就会答一声。"

老鼠叫一声"面包!",面包"吱嘎"答应一声,塞满了老鼠的嘴巴。

老鼠叫一声"牛奶!"牛奶"咕咚"答应一声,滚进了老鼠的喉咙。

笨狼没办法,只得跟老鼠借了一小片面包和半杯牛奶,并且答应第二天还他一整只面包和满满一大杯牛奶。

天黑了,笨狼想上床睡觉,他对老鼠说:"你快走吧,我要睡觉了。"

"这床是我的。"老鼠说。

"不对,床是我的。"笨狼说。

"写着你的名字吗?"老鼠问。

笨狼围着床仔细看了三遍,没有找到"笨狼"两个字。当然,他也没找着"老鼠"两个字。笨狼就说:"也没有你的名字呀!"

"现在睡在床上的是笨狼还是老鼠呀?"

"是老鼠。"

"老鼠睡的床当然是老鼠的啰!我是一只已经100岁了的老鼠,我说的话肯定错不了。"老鼠说。

笨狼想了想,觉得老鼠说得有道理,就趴在地板上,呼呼地睡了。

第二天早上,笨狼只出门散了一小会儿步,就把自己的家给弄丢了。

还是那棵高高的大枫树,还是那座白色的小木屋,只是挂在墙上的小木牌和木牌上的"笨狼寓"三个蓝色的大字不见了。

笨狼小心地敲敲门,门"吱呀"一声开了,老鼠从门缝里探出尖尖的嘴和长长的白胡子。

"这是笨狼的家吗?"

"不是,这是老鼠的家。"老鼠一边回答,一边将一块木牌挂到墙上:"你看看这上面的字——老鼠寓。"

笨狼仔细地看了又看,还伸出一根指头,跟着上面的字,一笔

三、奇妙的王国

一画地写了一遍——没错儿，是老鼠寓！

笨狼礼貌地说声"对不起！"，掉头跑进森林，急急忙忙去找自己的家。

在林子里转一圈，又回到小木屋前，高高的大枫树，矮矮的小木屋，都没错儿，可是，墙上的牌子却写着"老鼠寓"。

这儿是老鼠的家，这大枫树和小木屋都是老鼠的，笨狼得去找自己的大枫树和小木屋。

笨狼在森林里转了20圈。每次都差点儿就要找到自己的家了，可是一停住脚步抬起头来，眼前还是"老鼠寓"三个字。

笨狼伤心极了。他坐在大枫树下发呆。

"笨狼，你在这儿干什么？怎么不回家？"聪明兔蹦蹦跳跳跑过来，关心地问。

"我把家给弄丢了。"笨狼哭着说。

聪明兔指着小木屋："那不是你的家吗？"

"那是老鼠的家。老鼠已经100岁了，一定是我还没出生的时候，他就住在那儿了。"

聪明兔看见墙上的木牌和木牌上的字，便什么都明白了。

"你等着，我帮你把家找回来。"聪明兔说。

聪明兔叫来猫法官，咚咚咚，一起敲响了小木屋的门。

老鼠正躺在床上，大口大口地吃着牛奶和面包呢。听见敲门声，他神气地问："谁在敲门？"

"猫法官。"

老鼠吓得一个跟头掉到了床底下。他定定神，吱溜吱溜跳上窗台，想从那儿逃走。

"哪里逃！"猫法官一伸手，就把老鼠抓住了。

"你霸占笨狼的房子，本法官判你6年监禁。"

"法官大人，你可不能这么做，你知道，一只老鼠的寿命一般只有3年，我可不能坐两辈子牢哇！"

"你不是已经100岁了吗？"笨狼睁大眼睛，惊奇地问。

猫法官把老鼠带走了。聪明兔对笨狼说："好了，你可以回

快乐在于选择
KUAILE ZAIYU XUANZE

家了。"

但是，笨狼不肯走进小木屋，他说："你看这三个字，这里明明是老鼠的家嘛，我可不占别人的房子。"

笨狼又走进森林，找自己的家去了。他对聪明兔说："我一定能找到的，你别担心。"

聪明兔摇摇头，咧开红红的三瓣笑一笑，从口袋里摸出一支蓝色粉笔。他把木牌上的字擦干净，用蓝色粉笔重新写了三个字。

当笨狼在森林里转了一圈，又回到大枫树下时，他高兴得跳了起来：眼前是一座美丽的小木屋，墙上有三个好看的蓝色大字——笨狼寓。

"这才是我的家呀！我说了我一定能找得到的嘛！"笨狼骄傲地说。

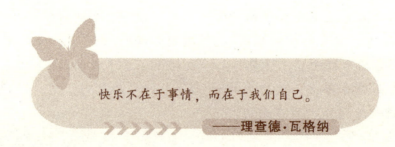

快乐不在于事情，而在于我们自己。
——理查德·瓦格纳

三、奇妙的王国

倒长的树(节选)

【钱达尔】

父亲去世的时候,拉姆家里还有一间草房、一头牛、一口井和一个小小的园子。其余的家当都在父亲生前抵了债——有一些付给村里的高利贷者,有一些归了国王。

父亲死后,母亲对拉姆说:"现在咱们什么也没有了,你干脆到国王那儿当兵糊口吧。"

拉姆是个傻呼呼的孩子。他刚十二岁,说话粗鲁,根本不懂得应当怎么讲话。他没理会母亲的话,反而说:

"哼,要我找上门去?干吗国王不来找我?是他需要士兵,又不是我需要。"

母亲慌忙朝四下里看了看,说:"你小点声,国王听见了可要杀头的。"

果然,拉姆的话真传到国王的耳朵里去了。因为凡是残暴无道的国王,总要把密探布满全国的。国王一听到拉姆的话,就亲自上拉姆家去。拉姆从未见过国王,不知国王是个什么样子。他问道:

"你是谁?"

"我是国、国、国王。"

拉姆笑着说:"哟,你是个结巴?当国王的都是结巴吗?"

国王很生气,可是那时他正需要士兵,所以只好忍着。他说:"不,有、有、有些是结……巴,有些是秃、秃、秃子,有些是聋……聋子,每个人总……总……总是有点毛……毛病。"

"你有什么毛病?"拉姆问。

"我专横残暴,专干些伤天害理的事情。"国王磕磕巴巴地说。

快乐在于选择
KUAILE ZAIYU XUANZE

国王的口吃，实在无法一一描述。照这样写下去，恐怕文章也要结巴了，不如索性直截了当地往下写。下文中，凡是国王说的话，你们自己把它念成结巴的吧，这样倒更有趣些。

拉姆问："这么说，你是害我来了？"

国王说："不，不。我来，是要你给我当兵。"

"给多少钱？"

"钱？不！我的士兵不拿饷，抢到了东西，我分给他们四分之一。"

"什么？抢？"

"是的，我把军队开到别的国家去抢劫。谁抢到了东西，他就得到四分之一。至于你嘛，我只给十分之一！因为你还小，刚十二岁，抢不了多少的。你干不干？快说！我可没时间和你泡蘑菇。"

拉姆想了想，问道："别的国家里住的也是人吗？"

国王："那还用说，他们跟你一样都是人。"

拉姆："那你这个差使我不干。"

国王咆哮了："要知道，你是在跟国王说话！"

拉姆也咆哮着回答："要知道，你是在跟鞋匠的儿子说话！"

国王笑了。他明白了，这孩子是个傻瓜，跟他说话等于对牛弹琴。于是国王就打别的主意。他扫了一眼草房的四周：郁郁葱葱的园子里，繁花怒放，五彩缤纷。他说："这园子里的花真美！"这称赞使拉姆高兴了，他说："你要多少尽管拿吧！"

国王说："花就这么美，长这花的地不更美吗？这块地我全要了！"说完，国王便拍拍手，五十个士兵立刻来了。从此，拉姆家的花园就成了国王的了。

第二天，母亲对拉姆说："孩子，花园也没有了，现在你就到国王那儿当兵吧。"

拉姆说："妈，我要是当了兵，就会跟他们一样的为非作歹。您愿意儿子变坏吗？"

母亲连忙用手捂着耳朵："天哪！孩子，我可是白天黑夜祈

三、奇妙的王国

求老天爷保佑你成个好人，正经人。"说完，母亲便走进了草房。

拉姆从井里提了一桶水去饮牛。这时，他看见自己的花园里，噢，应当这样说，在已经属于国王的花园里，有一个衣着十分华丽的姑娘。他问道："你是谁？"

姑娘回答说："我是公主，来逛逛自己的花园。还不快给我行礼！"

"为什么？"拉姆问。

"我是公主！"公主大声嚷着。

"我是鞋匠的儿子！"拉姆也大声嚷着。

公主又说："我的衣服全是金丝编的。"

拉姆也说："我的牙齿结实得很。"

公主说："我天天都吃胡萝卜奶糕。"

拉姆说："我种胡萝卜，你会吗？"

公主说："我不会。"

拉姆做个鬼脸，接着说："哼，你就会吃。好吧，你说，有什么事？干什么来的？"

公主说："我渴了。"拉姆从井里打了一桶水让她喝。

喝过了水，公主说："你这井里的水真甜，这样的水我还从来没喝过。"

拉姆高兴地说："往后你天天来，我天天给你喝。"

"这水就这么甜，这口井不知该多甜哪！我干吗不连井也要过来呢？"说完，公主拍拍手。

五十名士兵呼啦一下都来了。于是，这口井就成了国王的。

第三天，母亲又对拉姆说："孩子，这回你就去当兵吧。要不，咱们都得饿死了。"

拉姆说："妈，眼下还有一头牛，我去把它卖给财主。换来点钱也够吃些日子的。往后怎么着，那就走着瞧吧。"

母亲难过得掉下了眼泪。她很爱那头牛，可是饥饿难熬，有什么法子呢！

拉姆解了绳子把牛牵到财主那里。财主问："这牛一天出多

少奶?"

"三西尔（西尔：印度旧制重量单位，现已废用。一西尔约等于0.9公斤）。"

"就三西尔？"

"是的。不过奶很甜，你尝尝看。"

"我早就喝过，那还是你爸爸活着的时候。是头好牛啊，可就是奶出得少，只三西尔！好吧，这牛你就卖三个卢比（卢比：印度货币单位）吧！"

"三个卢比？"拉姆吃了一惊。

"对。"财主说，"一西尔牛奶卖一个卢比，对吗？照这么算，三西尔就是三个卢比。要是你的牛能挤四十西尔牛奶，我就给你四十个卢比。可我有什么办法呢，它只有三西尔奶啊！这三个卢比你拿去吧。这笔账没错！"

可怜的拉姆哪懂得什么算账呢，他说："大叔，靠这几个钱，我们家可没法过啊！"

财主说："那么，你就要了这三颗魔术种子好了。"

"什么魔术种子？"

"有个魔术师欠了我的钱，是他拿来顶账的。他说，谁要是在地里播下这三颗种子，第二天就能长出一棵大树。这树一个劲儿地往上长呀，长呀，一直长到云里头。那时，你就能顺着大树爬到天上去。可是有一个条件：你得把三颗种子埋在一起。"

拉姆听得入了神。最后，财主说："说吧，你要什么？三个卢比呢，还是这三颗魔术种子？"他的话音刚落，拉姆就一把拿过种子，紧紧地攥在手心里，朝家里跑了。

财主望着拉姆远去的身影，得意地笑了："这蠢驴，叫我耍得晕头转向的！"

拉姆到了家，母亲问他："钱拿到了吗？"

他说："我拿到了三颗树种。"

母亲一跺脚："唉，你也不小了，怎么净做些蠢事呢？要树种顶什么用！要是拿点钱来，咱娘俩还可以凑合几天的饭食。你

三、奇妙的王国

多傻呀，孩子！"

拉姆说："这三颗是魔术种子，把它们种在外面的花园里，就能长出一棵魔术树，一直长到天上去。"

母亲说："那又有什么用呢？"

拉姆说："我到天上去，把星星摘下来给您。"

母亲摇摇头说："你做什么梦呀！财主把你骗了。我这就出去一下，跟邻居借点吃的。"

母亲出去了。拉姆走到外边的园子里，他把种子放在草地上，然后在一旁掘着土，准备把种子播下去。正在这时，一只乌鸦"呱呱"地叫着飞来，刹那间就把两颗种子叼跑了。

拉姆难过极了，因为财主说过，要三颗种子一块儿种，不然魔力就没有了。他伤心地哭了。牛没了，钱没了，临了连魔术种子也算完了。现在就剩下这一颗，该怎么办呢？最后，他想，管它怎么着，先把种子埋了，长不出大树，能冒出棵小苗苗也好，能结点豌豆什么的，咱就吃豌豆好了。想到这里，他就把种子埋在松软的泥土里，然后回到草房，轻轻地睡了。

> 要想别人快乐，自己先得快乐。要把阳光散布到别人的心田里，先得自己心里有阳光。
> ——罗曼·罗兰

"下次开船"港(节选)

【严文井】

住在闹钟里的小人儿

小西没有猜错，时间的确是住在闹钟里头。时间是一个形状很奇怪的小人儿。过了几天，小西就亲眼看见了这个小人儿，他们俩谈了话，甚至彼此还争吵了一场哩。

这件事是在星期六的晚上发生的。

星期六下午，妈妈早就给小西和小梅一人买了一张电影票，准备让他们一吃完晚饭就去看木偶片《黑熊历险记》。可是小西不知道，他放了学同两个同学到集邮公司买邮票去了。在集邮公司里他们不过待了一会，买完邮票他们马上就回家，在大街上几个橱窗前面又不过站了一会，不知道怎么，回家就又过了六点了。妈妈非常生气。正在这个时候，姐姐还揭发了小西最近的成绩怎样怎样不好。妈妈马上就要了他的成绩册来看。果然，这两个星期小西没有一门功课得五分，他的"语文"好容易得了一个四分，可是"算术作业"又得了三分。妈妈再一检查，发现小西根本就没有好好做算术习题。因此，妈妈就不让小西去看电影了，叫小西在吃完饭以后，九点钟以前，把所有没有做的算术习题都补做上。

姐姐临去看电影的时候，怕小西不好受，想安慰小西两句，结果她说着说着又变成教训小西了。姐姐把闹钟拿到小西桌上来，说："今晚上闹钟可以让给你用。你可要自觉，好好做习题，一直做到九点钟，这算是对你的考验。你应该明白，这是因为你过

三、奇妙的王国

去太不用功,今晚上妈妈才取消了你看电影的权利。你应该自觉一点努力……"她越说越得意,如果不是怕耽误了电影,她不知道还要说多少才能住嘴哩。

小西心里很不高兴。要在过去他早就闹了起来,因为他认为他做的事情都有道理;可是这次妈妈生了气,他有什么道理都不好往外拿了。姐姐走了以后,他只好对着闹钟坐下来。

打了好几个呵欠,费了好大力气,他才翻开了算术练习本,慢慢在上面抄上:

"粮食公司昨天运到大豆165袋……"

写了这么一句他就又停下了。他的心怎么也钻不进粮食公司去。但是,不知道怎么,他却一点力气也不费就走进了那个他没去成的电影院。他觉得他好像正坐在看电影的人们中间。银幕上有一个笨拙的大黑狗熊学人的样子站了起来,慢慢又用两条后腿走路,慢慢又跳起舞来了。他好像还看见了许多模样很滑稽的木偶在那儿打架,在那儿翻筋斗。可是,当他想多看一两眼的时候,他什么也看不见了。他早就听同学说《黑熊历险记》这个片子多么有趣,向妈妈要求了两次,妈妈才给他买了票,而现在突然一下什么都完了,以后妈妈一定不会再给他买这个片子的票了。想到这儿,他心里真是难受极了。接着他想起姐姐一个人在看电影,仿佛看见姐姐在得意地发笑。他又记起了姐姐刚才教训他的那种神气。

于是小西从练习本上扯了一张纸下来,开始画姐姐的漫画。他故意要把姐姐画得难看一些。首先是把姐姐的嘴画得特别大。这表示姐姐老爱说别人坏话。随后他画了一个尖鼻子。这表示姐姐对人很厉害。姐姐的鼻子本来有些尖,可是不像他画的那样尖。画完了他觉得不像姐姐,就用橡皮擦了再画。画来画去,改来改去,结果是画出了一个又脏又黑的大鼻子。这可不是他故意的。接着,他又费了很大力气,给姐姐添了一头乱糟糟的头发,简直成了一个鸟窝。他怕别人说这漫画不怎么像姐姐,就又在旁边写了几个字:"这是小梅"。他想这样一来别人就会相信他画的是姐

姐,而不是另外一个女孩子了。最后他在姐姐的嘴旁边添了两条线,在里面点了许多小点儿,还画了一个大惊叹号。不用说,这是表示姐姐教训旁人时候的许多话。

"滴答,滴答,滴答!……"

闹钟的声音突然变得响亮起来了。小西抬头看了看,六点五十七分了。那就是说,还差三分钟就是七点了,他连一道题都还没有写完哩。他连忙又在本儿上写了几个字。

"……运到大米的袋数……"

写到这里他突然又想起刚买来的匈牙利邮票,"是不是弄丢了?"他马上从口袋里把那个夹邮票的小本儿掏出来,翻出了几张带着小狗的邮票,才放了心。

接着他欣赏起邮票来了。这些邮票上的小动物和颜色多好啊!上次他想拿两张日本邮票同王铁锁换一张这样的邮票,王铁锁不干,现在他也有了,王铁锁再来找他换日本邮票他还不换了哩。明天一定跟王铁锁比一比,看谁的匈牙利邮票好。

他从柜子里找出了集邮本。看了一看,他觉得邮票放得太乱了,马上又给所有的邮票重新来分类。这一分可就麻烦了,这几张到底是哪国的邮票啊?没有办法,他只好乱七八糟地把邮票都插到集邮本儿里去了。

"滴答,滴答,滴答!……"

闹钟又在催小西。小西一看,八点三十分了。他赶忙接着往下写:

"……是大豆的8倍,共运到大米……"

一会,他的眼睛又盯在姐姐的那张漫画像上面了。他忽然觉得姐姐有许多地方都像教算术的王老师。王老师可厉害哪,老喜欢拿眼睛瞪人,姐姐也老喜欢批评人。王老师说的话不好懂,姐姐也喜欢说新名词儿。当然她们两人也有不同的地方。王老师常戴一副近视眼镜,姐姐可从来不戴眼镜,小西想,应该给姐姐添一副眼镜,这样她的神气就更会像一个小大人儿了;而且,姐姐就会变得同王老师一样难看了。"对,对!就这么办!"小西自己

三、奇妙的王国

赞成自己，一边给画上的姐姐戴眼镜，一边还得意地笑了起来。

他这一画开了头，就来了劲儿。他给姐姐脸上画了眼镜，接着又在姐姐身旁画了一个小黑熊，接着又画了一个用洋铁做的武士，接着又是一只小狗，一只胖鸭子，许多木偶……后来他自己也不知道到底画了多少木偶。他画了又画，想让这些木偶来演戏。"滴答，滴答，滴答！……"闹钟又大声叫起来，这一次的声音比哪一次的声音都大。

小西刚一抬起头来，还没有看清楚是几点几分，"咔嚓"一声，闹钟背后的钢壳突然自动弹开了。小西还没有来得及想明白这是怎么回事，接着一个小人儿从闹钟里走出来了。那个小人儿很生气地冲着小西喊叫：

"气死我了，气死我了！"

小西觉得过去好像在一本什么童话里看见过这么一个小人儿似的，他戴一顶尖帽子，穿一套上下身连在一起的带着方格的花衣服，就像一个马戏团的小丑。他的嗓子很清亮，脸长得像小孩，可是又有些胡子。小西想：他一定是"时间"，一定是看见我老画画儿生气了，就连忙解释：

"我才画了一会儿……"

时间小人儿摇摇脑袋：

"你骗人！你当我不知道你还干了些什么坏事。"

小西有些着急，说：

"真的，我不骗你。我没有干坏事。我就是画了一会儿画。还有，就是整理了一会儿邮票，再就什么也没有干。我马上就要做算术了。"

时间小人儿还是一连摇脑袋：

"我不信，不信，不信！你还干了一些什么坏事？快告诉我，告诉我！"

小西也生气了，说：

"干吗要告诉你？你管不着！"

"就管得着！"

快乐在于选择
KUAILE ZAIYU XUANZE

"就管不着!"

"就要管!"

"就不许管!"

他们两个你一句、我一句地吵开了。后来,时间小人儿气极了,好像要哭的样子,说:

"好,我不理你了!我马上就走!以后你爱干什么就干什么,爱玩儿多久就玩儿多久。你不让我管,我还早就不想干了哩。我陪着你,把我都气坏了。你以为我不会玩儿,我不想玩儿?现在,我也要玩儿玩儿去。再见吧!"

时间小人儿一边说,一边从闹钟里取出了几个齿轮,很快就用齿轮拼成了一辆自行车。他轻轻一跳就骑上了自行车,脱下帽来,对小西扬了扬说:"我走了。"

小西想说,等一等,让我想一想!但是他还没有来得及说出嘴的时候,时间小人儿马上接着又说:

"我再也不回来了。不过,不过……除非将来你要求我回来,我才来。再见,再见!"

说完了,时间小人儿就骑着自行车冲到窗台上,像杂技演员似的在窗台上表演了许多车技,然后他就沿着窗户框一直往上冲,喝!他一下就从冬天装火炉烟囱的洞里冲出去了。

时间小人儿走了,闹钟的滴答声马上就没有了。小西拿起闹钟来,使劲摇了好几下,还是没有声音。他敲了敲那两个铃,也没有声音。闹钟根本就哑了。

小西想:

"这下可糟了!姐姐不知道时间是自己不干了的,要是她对妈妈说是我弄坏了闹钟,那怎么办?……"

三、奇妙的王国

艾米尔怎么把头卡在汤罐子里

【阿斯丽德·林格伦】

那天卡特侯尔特庄园晚餐时喝肉汤。李娜把肉汤全都盛到一个装汤用的瓷花罐子里。大家都坐在厨房里围着桌子喝汤，特别是艾米尔，他喜欢喝汤而且喝得咂咂作响。

"你非得咂咂地响不可吗？"妈妈问道。

"要不人家怎么知道是喝汤呢？"艾米尔回答说。不过，实际上他是这么说的："要不人家怎么晓得是哈糖（喝汤）呀？"这是斯毛兰省方言，我们先不去管它。

大家都在使劲喝，到肚子都发胀了，罐子也空了。只是在罐子底儿还剩下一小汪汪汤，这一小点儿艾米尔还想喝。现在唯一能喝到这一小点儿汤的办法是把头伸进罐子里用舌头去舔，他真这么做了。从外面可以清楚地听到他咂汤的声响。当他喝完后要把头抽回来时，你说怪不怪，罐子竟拔不下来了，卡住了。这下艾米尔害怕了，他从桌子旁边跳开，站在那里。汤罐子像一个小桶似的扣在他的头上，把眼睛耳朵都盖在里面。艾米尔抓着罐沿儿挣扎、叫喊。李娜也害怕起来，"我们漂亮的汤罐子，"她说，"我们漂亮的花瓷罐子！现在我们用什么去盛汤啊？"

当艾米尔的头还在汤罐子里的时候，当然没法子拿它去盛汤。尽管她不太聪明，这件事她还是看出来了。

但是艾米尔的妈妈想得更多的是艾米尔。

"亲爱的心肝呀，我们怎么才能把这孩子弄出来呀？我去拿烧火钩子把罐子敲碎算了！"

"你疯了？"艾米尔爸爸说，"这是花四克朗买的！"

快乐在于选择
KUAILE ZAIYU XUANZE

"让我来试试。"阿尔弗莱德说。他是一个既强壮又能干的长工。他抓住罐子两边的把手用力向上一提，但是这有什么用呢？艾米尔也给带起来了，因为他确确实实给卡住了。他吊在半空中，两腿乱蹬，挣扎着要下来。

"放开……把我放下来……放开，我说了放开！"他喊道。这样阿尔弗莱德只好放下了他。

这时，人人都真的难过起来。他们站在那里，围着艾米尔使劲想办法。有爸爸安唐、妈妈阿尔玛、小伊达、阿尔弗莱德和李娜，可谁也想不出来能把艾米尔从罐子里弄出来的好办法。

"看，艾米尔哭呢！"小伊达指着从罐子沿儿底下滚下来、正顺着艾米尔腮帮子往下流的泪珠子说。

"我根本没哭！"艾米尔说，"那是肉汤。"

听起来他还是那么倔强，像往常一样。但是把头卡在汤罐里也不是什么特别有趣的事。而且，要是永远拔不出来，可怜的艾米尔，什么时候他才能再戴上他的"麻子"（注：这是他用难听的方言叫他的"帽子"时大家听到的怪字眼）呢？

艾米尔妈妈是这么疼爱她的小儿子，她又想去拿火钩子来敲破罐子，但是艾米尔爸爸说：

"这辈子别想！罐子值四个克朗呢！最好我们去马里安奈龙德镇找大夫，他可能会把它拿掉。他一次不过收三个克朗的费用，这样我们还可以赚一个克朗。"

艾米尔妈妈觉得这是个好主意，并不是每天人们都能赚一克朗的。用这一克朗能买不少好东西，例如给艾米尔出外时呆在家里的小伊达买点什么。

这时，卡特侯尔特庄园的人忙了起来。艾米尔必须打扮一下，必须给他洗洗并换上最好的衣服。梳头是办不到了，洗耳朵也行不通，尽管确有必要。他妈妈试着把食指从汤罐沿儿底下伸进去，给他抠抠耳朵，结果糟透了，她的手指头也卡在里头了。

"嗨嗨，这下子。"小伊达说。爸爸可真气坏了，尽管平时他是挺和善的。

三、奇妙的王国

"还有什么别的没塞到罐里去吗?"他暴跳如雷地喊,"尽管塞好了,那样我可以用大干草车把整个庄园运到马里安奈龙德去。"

好在艾米尔妈妈狠命一拽,手指头又拔出来了。

"你的耳朵不用洗了,艾米尔。"她一面说,一面朝手指头上吹气。

这时从罐子沿儿底下露出了一个满意的微笑,艾米尔说:"这是汤罐子给我的第一个真正的用处。"

阿尔弗莱德把马车驾到台阶前面。艾米尔走出门来爬上车。他穿着那套带条纹的礼拜日服,黑色扣带皮鞋,看上去挺合适的。他的头上戴着汤罐子,样子虽不大常见,但是因为罐子上面有花,也挺漂亮的,戴在头上就像戴着一顶新流行起来的夏天帽子似的。美中不足的是它太大了,把艾米尔的眼睛都给盖住了。

就这样他们上路去马里安奈龙德镇了。

"我们不在家,仔细看着小伊达点!"艾米尔妈妈喊道。她和爸爸坐在前排,后排坐着戴着汤罐子的艾米尔,座位边上摆着他的帽子。当他回来时,他的头上得戴点东西,这孩子就有这么好的记性。

"晚上我做什么饭啊?"李娜趁车子刚刚启程时追问道。"随你的便好了,"艾米尔妈妈喊道,"我还有别的事要考虑呢。"

"那我烧肉汤吃。"李娜说。就在这一刹那,她看到一个花罐在大路转弯的地方一晃就消失了,她才想起刚才发生的事情。她转过身来对阿尔弗莱德和伊达难过地说:

"恐怕只能吃黑麦面糕加猪肉了。"

艾米尔已经去过好几次马里安奈龙德了。他喜欢高高地坐在马车上观赏弯弯曲曲的小路,道旁的庄园,在庄园里住的小孩,在围栅墙边上吠叫的狗和在草地上吃草的马群和奶牛等。而现在在这有趣的时刻,他却坐在那里被罐子盖住了双眼,只能从罐子沿儿边上的小缝中看到一点点自己的黑皮鞋。一路上他不得不老问爸爸:"我们到什么地方了?已经到大饼地了吗?快到小猪点

快乐在于选择
KUAILE ZAIYU XUANZE

了吗?"

艾米尔给路旁的庄园都起了名字,"大饼地"是因为有一次艾米尔从那里路过时,两个小胖孩儿站在栅门口分吃大饼,而"小猪点"是因为那个地方有一头可爱的小猪,艾米尔有时去给它背上搔搔痒。

但是现在他却闷闷不乐地坐在那里,眼睛只能瞅着自己脚上的皮鞋。既看不见大饼,又看不到可爱的小猪,难怪他不断地问:"我们到什么地方了?还没快到马里安奈龙德吗?"

当艾米尔戴着汤罐子走进医生家时,医生的候诊室里坐满了人。所有坐在那里的人看到艾米尔都立刻同情起他来,他们知道一定发生了不幸的事情。只有一个坏老头拼命大笑,好像卡在罐子里是什么有趣的事一样。

"哈哈哈,"老头笑道,"你耳朵冷吗,小孩?"

"不。"艾米尔说。

"噢!那么,你戴这个奇妙的装置干什么?"老头问道。

"因为怕冻着耳朵。"艾米尔说。别看他小,他的俏皮话可真不少。

后来轮到艾米尔进去见医生了。医生并没有笑他,而是说:"你好,你好!你在那里面干什么?"

艾米尔虽然看不见医生,但是他也得对医生表示问候呀。所以他戴着罐子尽最大努力鞠了个大躬,这时只听见"砰"的一声,汤罐子落在地上变成了两半。原来艾米尔一使劲把头磕在医生的写字台上了。

"这下四克朗完了。"艾米尔爸爸悄声地对艾米尔妈妈说,但是医生还是听见了。

"嗯,那么你们还赚了一克朗,"他说,"因为一般我收费五克朗,如果我把这孩子从汤罐里取出来的话。但是现在他自己解决问题了。"

这下艾米尔爸爸变高兴了。他真感谢艾米尔把罐子碰破并赚了一克朗。他连忙拾起破罐子,拉着艾米尔和艾米尔妈妈往外走

三、奇妙的王国

去。当他们走到大街上,艾米尔妈妈说:

"你看,我们又赚了一克朗,我们用它来买什么?"

"什么也不买。"艾米尔爸爸说,"我们把它存起来。不过应该给艾米尔五奥尔,让他把钱存到他的存钱小猪里。"

说着他从钱包里拿出一个五奥尔铜板,递给了艾米尔。你想,艾米尔有多高兴呀!

这样他们便启程回勒奈贝尔亚了。艾米尔坐在后座上特别满意。他手里攥着那个铜币,头上戴着他的"麻子",看着路边的小孩、狗、马群、奶牛和小猪等。如果艾米尔现在是一个普通的孩子,这一天可能就不会再发生什么事了,但是艾米尔不是一个普通的小孩。你猜他又干什么了?!他好好地坐在那里,把五奥尔铜币放在嘴里含着。正当他们的车走过"小猪点"时,从后座上传来轻轻的一声"咕噜",这个艾米尔竟把铜币咽下去了!

"啊呀,"艾米尔叫道,"它跑得这么快呀!"

这回艾米尔妈妈又担心起来。

"亲爱的心肝啊,我们怎么把这五奥尔从你肚子里弄出来呀?我们只有回大夫那里去了。"

"好,你可真会算账,"艾米尔爸爸说,"我们为了一个五奥尔去花五克朗?你上学时算术得几分?"

艾米尔倒不着急,他拍了下自己的肚子说:

"我可以自己当我的存钱小猪。那五奥尔在我肚里跟在存钱小猪肚里一样保险,因为从那里拿不出什么东西来。从前我用厨房里的刀试过,所以我知道。"

但是艾米尔妈妈不让步,坚持要把艾米尔送回医生那里去。"那次他吞下了好多的裤扣子,我都没说什么,"她提醒爸爸说,"但是五奥尔铜币要难消化得多,这次别出问题,听我的话吧!"

说着,她还真把艾米尔爸爸吓唬住了。他立即调转马头向马里安奈龙德奔去,因为艾米尔爸爸自然也为自己的儿子担忧。

他们喘着粗气一直跑进了医生诊室。

"你们忘了什么东西啦?"医生问道。

快乐在于选择
KUAILE ZAIYU XUANZE

"没有。只是艾米尔吞下去了一个五奥尔硬币,"艾米尔爸爸说,"如果大夫给他开刀,只收四个克朗,或者……那五奥尔也可以留下。"

这时,艾米尔拽了拽爸爸的外套并悄悄地说道:

"别这样!那是我的五奥尔!"

医生自然不想收艾米尔的五奥尔硬币。"这用不着手术。"他说,"硬币几天后自己会出来的。"

"你可以吃五个白面包,"医生说,"这样五奥尔硬币就有东西做伴,不会划破你的肠胃了。"

这是一个慈善的医生,这次他又没有收费。当艾米尔爸爸和艾米尔以及艾米尔妈妈走到大街上时,艾米尔爸爸脸上露出满意的笑容。

现在艾米尔妈妈想立刻去安德松小姐的家庭面包坊给艾米尔买五个小面包。

"根本用不着。"艾米尔爸爸说,"我们家有面包。"

艾米尔想了想。他特别善于想出这个或那个点子来,而且他也饿了,所以他说:"我肚里有一个铜板。要是我能拿到它,我就自己去买小面包了。"

他想了想接着说:"爸爸,你能不能借我五奥尔用几天?我肯定还你,保证没问题。"

艾米尔爸爸同意了。他们一起走到安德松小姐的家庭面包坊,给艾米尔买了五个非常好吃的小面包。面包烤得焦黄,上面还有一层糖。艾米尔立刻狼吞虎咽地吃了下去。

"这是我这辈子吃过的最好吃的药。"他说道。

这时艾米尔爸爸又高兴又激动,忽然头一阵发晕,一时不知道该做什么好了。

"我们今天真赚了不少钱!"爸爸说着毫不犹豫地给呆在家里的小伊达买了五奥尔的薄荷糖。

注意,这事发生在孩子们也不管自己的牙是有还是没有的时候,那时小孩们又傻又不懂事。现在勒奈贝尔亚的孩子们不怎么

三、奇妙的王国

敢吃糖了,所以他们的牙都长得特别好。

后来大家回到了庄园。艾米尔爸爸一进家门,顾不得脱衣摘帽就跑去粘汤罐子。这并不难,罐子只不过摔成了两半。李娜高兴地跳了起来,她对正在卸马车的阿尔弗莱德嚷嚷着说:

"现在卡特侯尔特庄园又可以喝肉汤了!"

李娜真这样想?是的,不过她可能把艾米尔给忘了。

那天晚上,艾米尔和小伊达玩得特别好。他给她在草地上的石头堆中盖了个小棚子,她特喜欢。所以每次他想要薄荷糖,只要轻轻地拽她一下就行了。

现在,天开始黑了下来,艾米尔和小伊达都想上床睡觉了。他们走进厨房,想看看妈妈是不是在那里。她不在,也没有别人。只有汤罐子放在桌子上,已经粘好了,特别漂亮。艾米尔和小伊达看着这个在外面旅行了一天的奇妙的罐子。

"你想想,一直跑到马里安奈龙德。"小伊达说,接着她问,"你是怎么弄的?艾米尔。怎么会把头伸进汤罐子里?"

"这并不难,"艾米尔说,"我不过就这么一下……"

正在这时艾米尔妈妈走进厨房,她第一眼看到的就是艾米尔站在那里,头上戴着汤罐子。艾米尔挣扎着,小伊达在哭叫,艾米尔也在哭。因为这次他又卡在里头了,像上次一样结结实实。

他妈妈立即抄起烧火钩,对准罐子一敲,"砰"的一声巨响传遍了整个勒奈贝尔亚。汤罐子一下成了上千块碎片,像雨点一样落了艾米尔一身。

他爸爸正在外面羊圈里,听到响声立刻跑来了,在厨房门旁他停了下来,默默地站在那里盯着艾米尔、碎瓷片和艾米尔妈妈手中的火钩子,然后一句话没说,转身就回羊圈去了。

不过两天以后,他从艾米尔那里得到了五奥尔,这对他仍然是个安慰。

好,现在你们知道艾米尔大概是什么样了吧,这是五月二十二日星期二发生的汤罐子的故事。不过你们可能还想继续听听。

快乐在于选择
KUAILE ZAIYU XUANZE

皮皮回到威勒库拉庄

【阿斯丽德·林格伦】

瑞典有一个小镇，小镇尽头有一个长得乱七八糟的老果园，果园里有一座小房子，小房子里就住着咱们要讲的这位长袜子皮皮。长袜子皮皮九岁，孤零零的一个人。她没妈妈也没爸爸，这真不坏，在她玩得正起劲的时候，就不会有人叫她去上床睡觉，在她想吃薄荷糖的时候，也不会有人硬要她吃鱼肝油了。

皮皮有过爸爸，她很爱她的爸爸。她当然也有过妈妈，不过那是很久很久以前的事了。皮皮的妈妈很早就去世了，那时皮皮还只是个吃奶娃娃，躺在摇篮里哇哇哇哇，哭得那么可怕，大家都不敢走到她身边来。皮皮相信她妈妈如今活在天上，从那儿的一个小洞看她下面这个小女儿。皮皮常常向她招手，告诉她说：

"放心吧，妈妈！我会照顾我自己的！"

皮皮还没忘记她爸爸。她爸爸是位船长，在大洋上来来往往，皮皮跟他一起坐船航过海。后来他遇到风暴，被吹下海，失踪了。可皮皮断定他总有一天会回来的，因为她怎么也不相信爸爸已经淹死。她认为她爸爸一定已经上了一个荒岛，就是那种有许许多多黑人的荒岛，做了他们的国王，头上整天戴着金王冠。

"我的妈妈是天使，我的爸爸是黑人国王，有几个孩子能有这么棒的好爸爸妈妈呢！"皮皮说，心里着实高兴，"等我爸爸有一天给自己造出船来，他一定会来把我带去，那我就是黑人公主了。那种日子多带劲啊！"

果园里这座旧房子，是她爸爸许多许多年以前买下的。他想等他老了，不再出海了，就跟皮皮一块儿住在这里。可他后来不

三、奇妙的王国

幸被吹下了海。皮皮断定爸爸会回来,于是直接到这威勒库拉庄来等他回家。威勒库拉庄就是这小房子的名字。它里面都陈设好了,就等着她来。夏天一个美丽的傍晚,她和她爸爸那条船上所有的水手告别。他们很爱皮皮,皮皮也很爱他们。

"再见,伙计们,"皮皮一个个地亲他们的前额说,"别为我担心。我会照顾我自己的!"

她从船上带走了两样东西:一只小猴子,名字叫纳尔逊先生(是她爸爸送给她的);一个大皮箱,里面装满了金币。水手们站在船栏杆旁边看着皮皮,直看到她走得不见了。她头也不回地一直向前走,让纳尔逊先生蹲在她的肩膀上,手里紧紧抓住那个大皮箱。

"一个了不起的孩子。"等到皮皮看不见了,一位水手擦着眼泪说。

他说得对。皮皮是个了不起的孩子,最了不起的是她的力气。她力气之大,全世界没有一个警察比得上她。只要她高兴,她可以举起一匹马。说到马,有时候她真想有匹马举举。正因为这个缘故,到威勒库拉庄的当天,皮皮就花了一个金币给自己买了一匹马。她一直想有一匹马,如今真有一匹她自己的马了,她把它放在她的前廊里。当皮皮下午要在前廊吃茶点的时候,她一下子就把马举起来,放到外面果园里。

威勒库拉庄隔壁还有一个果园和一座小房子。那座小房子里住着一位妈妈、一位爸爸和他们的两个可爱孩子,一个男的,叫汤米,一个女的,叫安妮卡。他们俩都很好,很守规矩,很听话。汤米从不咬指甲,妈妈叫他做什么他就做什么。安妮卡不称心的时候也从不发脾气,她总是整整齐齐地穿着刚熨好的布裙。汤米和安妮卡在他们的果园里一块儿玩得很高兴,可他们还是希望有个朋友跟他们一起玩。皮皮一直跟着她爸爸航海的时候,他们有时趴在围墙上说:

"那房子没人住,多可惜呀!那儿该住人,而且该有孩子。"

在那个美丽的夏天日子里,皮皮第一次跨过威勒库拉庄的门

快乐在于选择

槛,那天汤米和安妮卡正好不在家。他们到他们奶奶家住了一星期,所以不知道隔壁房子已经住进了人。回家第一天,他们站在院子门口看外面街道,还是不知道有个可以一起玩的小朋友就在身边。他们站在那里正不知道干什么好,也不知道这天能有什么新鲜事,会不会依然是个想不出什么新花样来玩的无聊日子,可就在这时候,嘿,威勒库拉庄的院子门打开,出现了一个小姑娘。这是汤米和安妮卡有生以来看到的最古怪的小姑娘。这一位就是长袜子皮皮,她早晨正要出去散步。她那副模样是这样的:

她的头发是红萝卜色,两根辫子向两边翘起,鼻子像个小土豆,上面满是一点一点的雀斑。鼻子下面是个不折不扣的大嘴巴,两排牙齿雪白整齐。她的衣服怪极了,是皮皮自己做的。本来要做纯蓝的,后来蓝布不够,皮皮就到处加上红色的小布条。她两条又瘦又长的腿上穿一双长袜子,一只棕色,一只黑色。她蹬着一双黑皮鞋,比她的脚长一倍。这双皮鞋是她爸爸在南美洲买的,想等她大起来穿,可皮皮有了这双鞋,再不想要别的鞋了。

叫汤米和安妮卡把眼睛瞪得老圆老圆的却是那只猴子。它蹲在那个古怪小姑娘的肩膀上,身体小,尾巴长,穿着蓝布长裤、黄色上衣,还戴一顶白草帽。

皮皮顺着街道走,一只脚走在人行道上,一只脚走在人行道下。汤米和安妮卡盯住她看,直到她走得看不见为止。一转眼她又回来了,这回是倒着走。这样她就省得转过身来走回家了。她走到汤米和安妮卡的院子门口停下来。两个孩子一声不响地对看一下。最后汤米问那小姑娘说:

"你干吗倒着走?"

"我干吗倒着走?"皮皮反问他们,"这不是个自由国家吗?我不能爱怎么走就怎么走吗?告诉你们吧,在埃及人人都这么走,也没人觉得有一丁点儿奇怪。"

"在埃及人人都倒着走?这你怎么知道的?"汤米问道,"你又没到过埃及。"

"我没到过埃及?我当然到过,那还用说。我到过全世界,比

三、奇妙的王国

倒着走更奇怪的事情都见过。要是我学印度人那样倒竖着用手走路，真不知你们会怎么说呢！"

"那不可能。"汤米说。

皮皮想了一下。

"不错，你说得对。我说了谎。"她难过地说。

"说谎可不好。"安妮卡总算有话说了。

"对，说谎非常非常不好，"皮皮说着更难过，"我有时候忘了。一个孩子，妈妈是个天使，爸爸是个黑人国王，他又一生航海，你怎么能希望这孩子总是说真话呢？而且，"她说着，整张雀斑脸浮现出微笑，"我可以告诉你们，刚果没有一个人讲真话。他们日夜吹牛，从早晨七点吹到太阳落山。因此，万一我有时吹上几句，请你们一定要原谅我，记住这只是因为我在刚果住得太久了一点。我们还是可以交朋友的。对吗？"

"当然。"汤米说着，一下子知道这一天不会无聊了。

"那干吗不上我家吃早饭呢？"皮皮问。

"嗯，可以，"汤米说，"为什么不可以呢？咱们走吧！"

"好"安妮卡说，"这就去！"

"不过先让我介绍一下纳尔逊先生。"皮皮说。猴子马上彬彬有礼地举了举帽子。

于是他们一起走进威勒库拉庄摇摇欲坠的果园大门，通过两排长着青苔的果树之间的小路（他们一看这些果树就知道它们爬起来多有劲），来到房子前面，上了前廊。一匹马正在那里大声嚼着大汤碗里的燕麦。

"你干吗把一匹马放在前廊？"汤米问。他知道马都是关在马厩里的。

"这个，"皮皮想了一下回答说，"它在厨房里碍手碍脚，在客厅里又过不惯。"

汤米和安妮卡把马拍了拍，接着走进房子。里面有一个厨房、一个客厅和一个卧室。看来皮皮一星期没打扫了。汤米和安妮卡小心地东张西望，生怕黑人国王就在哪个角落里。他们生下来还

没见过黑人国王。可是他们既没看见有爸爸,也没看见有妈妈,安妮卡于是急着问:

"你就孤零零一个人住在这里吗?"

"当然不是,"皮皮说,"纳尔逊先生也住在这里。"

"对,不过你的妈妈和爸爸不住在这里吗?"

"一个也不住。"皮皮高兴地说。

"那么晚上谁叫你上床什么的?"安妮卡问。

"我自己叫,"皮皮说,"我第一回叫的时候很客气;如果我不听,我再叫一次,不过凶多了;如果我还是不听,那就打屁股,没错!"

她的话汤米和安妮卡不怎么听得懂,不过他们想这也许是个好办法。

> 对于那些内心充溢快乐的人们而言,所有的过程都是美妙的。
>
> ——罗莎琳·德卡斯奥

三、奇妙的王国

面包房里的猫

【琼·艾肯】

从前有一位上了年纪的琼斯太太,她养了一只猫,名叫莫格。琼斯太太在一个小镇里开了一家面包房,那个小镇就在两山之间的山谷下面。

每天早晨,镇上的人都还在睡觉,琼斯太太的灯就最先亮了,因为她得早起,起来烤咸面包、甜面包、果酱面包和威尔斯蛋糕。

琼斯太太起床后先把炉子生旺,再用水、白糖、酵母来和面,然后把面团搁在盆里,放到火边上去发酵。

莫格也起得很早,它起来捉老鼠。等它把所有的老鼠都赶出了面包房,就想卧到炉子边上暖和暖和。可是琼斯太太不让它上那儿去,因为生面包正在那里发酵呢。

她说:"你可别坐到甜面包上,莫格。"

生面包发得很好,又光洁又大,这都是酵母的作用。酵母使面包和蛋糕膨胀起来,越胀越大。既然不让莫格在炉子边上坐,那它只好到水池里去玩。

一般的猫都讨厌水,可是莫格不,它喜欢水,喜欢坐在水龙头边上,用爪子去打落下来的水滴,把水弄得满胡子都是!

莫格长得什么样儿呢?它的后背、身体两侧、四肢、脸、耳朵和尾巴都是橘子酱色的,肚皮、爪子都是白的。尾巴尖上有一缕白毛,耳朵上有一道白边,还长着白胡须。水湿了它身上的皮毛,看起来像狐狸皮一样,爪子和肚皮又白又光。

琼斯太太说:"莫格,你太淘气了。面团发得好好的,可你把水都甩到上面去了。快出去,到外边玩去。"

莫格觉得很委屈,耷拉着耳朵和尾巴(猫在高兴的时候都把

快乐在于选择

耳朵和尾巴竖起来),走了出去。天上正下着倾盆大雨。

湍急的河水流过镇中心,河床里有很多石头,莫格蹲在水里找鱼吃。可是那段河里并没有鱼。莫格身上越来越湿,它没有在意。突然,它打了一个大喷嚏。

这时,琼斯太太开门喊着:"莫格!我已经把甜面包放进烤炉了,你可以回来坐在火炉边上了。"

莫格浑身都湿透了,发着亮,好像涂了一层油。它坐到火炉边上,一连打了九个大喷嚏。

琼斯太太说:"哎呀,莫格,你着凉了吧?"

她用毛巾把莫格的毛擦干,喂它喝了一点掺着酵母的牛奶。人身体不舒服的时候,吃点酵母是有好处的。

她让莫格在火炉边上坐着,又动手做果酱面包了。等她把果酱面包放进烤炉,就带着雨伞去商店买东西。

可是你猜猜莫格出了什么事?

酵母把莫格发起来了。

它在温暖的火炉边打瞌睡的时候,身体胀得越来越大。

起初它大得像一只绵羊。

后来它大得像一头驴子。

后来它大得像一匹拉车的马。

后来它大得像一头大河马。

这时候,琼斯太太的小厨房已经装不下它了,它个子太大了,根本走不出门去,把墙壁都撑裂了。

琼斯太太提着篮子和雨伞回家一看,不禁大叫起来:

"天哪!我的房子怎么了?"

整座房子都膨胀起来,歪七扭八的。厨房窗户里伸出粗大的猫胡子,大门里伸出橘子酱色的大尾巴,白爪子从卧室里的一个窗户伸出来,另一个窗户里伸出带白边的耳朵。

"喵?"莫格睡醒了,伸了一个懒腰。

这一来,整座房子都塌了。

"哎呀,莫格!"琼斯太太叫道,"看看你干了些什么!"

三、奇妙的王国

镇上的人们看到这情况非常震惊,他们让琼斯太太搬到镇公所去住,因为他们都非常喜欢她(和她的甜面包),但是他们对莫格可不大放心。

镇长说:"它是要没完没了地长,最后把镇公所也撑破了怎么办呢,要是它变得非常凶暴怎么办呢?它住在城里是很不安全的,它太大了。"

琼斯太太说:"莫格是一只很温和的猫,它不会伤害任何人的。"

镇长说:"那咱们等等再看吧。要是它一屁股坐在人头上怎么办呢?它饿了怎么办呢?给它吃什么呢?最好还是让它到城外去,到山上去住。"

人们都叫嚷着:"嘘!滚!呸!嘘!"于是可怜的莫格被赶出了城门。雨下得那么大,山上的水冲下来。莫格倒不怕这个。

然而可怜的琼斯太太伤心极了,她在镇公所里又和了一块面,眼泪流进去,面团变得又软又咸。莫格走进了山谷,这时候它已经胀得比大象还大了——几乎有鲸鱼那么大!山上的绵羊看到它走来,吓得要死,飞奔着逃命去了。莫格可没注意到它们,它正在河里捉鱼。它捉了好多好多鱼!心里真快活。

雨下得太久了,莫格突然听到山谷上边传来洪水的咆哮声,巨大的墙向它扑来。河水泛滥了。越来越多的雨水灌进河里,从山上奔流直下。

莫格心想:"我要是不把水拦住,那些好吃的鱼就都得被冲走。"

于是它一下子坐到山谷中间,把身体伸展开,活像一块又大又胖的大面包。

洪水被挡住了。

城里的人们听到洪水的咆哮声,害怕极了。镇长大声喊道:"趁着洪水还没冲到城里,大家都跑上山去,不然我们全都得被淹死!"

于是大家都往山上跑,有人跑到这边山上,有人跑到那边山

快乐在于选择

上。

他们看到什么了呢?

喔唷,莫格在山谷中间坐着,它身后是一个大湖。

"琼斯太太,"镇长说,"你能不能让你的猫先待在那儿别动,好让我们在山谷里修一条水坝,把洪水挡住?"

"我试试吧。"琼斯太太说,"在它下巴底下挠挠,它就会老老实实地坐着。"

于是大家轮流用干草耙在它下巴底下挠,一直挠了三天三夜,莫格高兴地呜呜叫着,叫着,它的叫声掀起了一个巨浪,从洪水湖上滚滚而过。

这些天,最好的工匠们不停地在修一座横跨山谷的特大水坝。人们还给莫格带来各种各样好吃的东西——一碗碗的奶油、奶酪、肝、腌肉、沙丁鱼,甚至还有巧克力!可它已经吃了好多鱼了,所以并不太饿。

到了第三天,水坝修好了,城市安全了。

镇长说:"现在我认为莫格是一只很温和的猫,它可以同你一起住进镇公所了,琼斯太太。把这个奖章给它戴上。"

奖章上有一条银链子,可以挂到莫格的脖子上。上面刻着:莫格救了我们的城市。

从那以后,琼斯太太和莫格就快活地住在镇公所里。假如你到卡莫格小镇去,就可以看到,早上莫格要去湖里捉鱼吃的时候,警察会断绝交通请它独自通行。它的尾巴在房顶上摆来摆去,胡须碰得楼上的窗户咋嘈咋嘈响。但是大家都知道它不会伤人,因为它是一只很温和的猫。

它爱到湖里玩,有时候把身上弄得太湿了还会打喷嚏,然而琼斯太太再也不给它吃酵母了。

莫格已经够大的了!

三、奇妙的王国

鞋匠和小精灵

【小伯格·埃森维恩】

从前有一个鞋匠和妻子生活在一起，家里很穷，他们每天辛辛苦苦地干活，才不至于挨饿和受冻。鞋匠整天坐在凳子上，又是缝，又是敲，不停地做着鞋子。他的妻子则在家里像他一样不停地干着家务。他们总想节省下一点钱，但挣的钱太少，他们几乎省不下什么钱。

不久以后，鞋匠生病了，他们省下来的钱都用在了买药和吃饭上——最后几乎全用光了。当鞋匠病有了好转，能够在屋子里走动的时候，家里剩下的钱就只够买一双小皮鞋的皮料了。他拿着剩下的钱，来到了镇里，买了皮子，带回了家。然后，他剪裁好了小鞋子，但他身体还很虚弱，他太累了，不能再继续干了。

"现在我必须上床休息一会，"他对他善良的妻子说，"明天一大早我再来把这双鞋子做好。"

第二天一大早，天刚蒙蒙亮，鞋匠就起床干活了。但他起来一看，大吃了一惊：工作台上已放着一双做好了的鞋。

"这是怎么回事？"他问妻子，"是你做好了鞋子吗？"

"肯定不是我，"他妻子说，"我一个人做不来鞋子的。"实际上，他的妻子也像他一样吃惊。

他们看着整齐细密的针线，称赞不已，也不知道是谁做了这双精美的鞋子。最后，鞋匠把鞋子放在橱窗里，盼着有什么人来把它买走。其实，他一点也不用担心，鞋子刚放上去一会儿，一个路过的人就见到了它。"这双鞋多漂亮啊，正是我想给女儿买的那种。"他说。

于是，他便买了下了这双鞋子，付的钱比鞋匠以前卖任何一

双鞋子所得的钱都多。这些钱用来买两双鞋子的皮料都足够了。鞋匠便在这天又去了镇里，买了两双鞋子的皮料。回来后，他裁剪好了料子，像上次一样，他又感到很累，于是，他便上床去休息，想第二天早上再来完成工作。第二天一大早，当他起来干活的时候，又大吃了一惊，两双鞋子都做好了，整整齐齐地放在桌子上。

"是谁在帮助我们呢？"他说。

"今天晚上我们躲在帘子后面看一看。"他的妻子说。

那天晚上，鞋匠裁好了料子以后，就把皮料放在工作台上，自己和妻子就躲在了帘子后面。他们等啊，等啊，10点了，还没有动静，11点了，还没有动静。

"我太累了，"鞋匠轻声说，"我再也等不下去了。"

"嗯，再等一小会儿吧！"他妻子说。

他们便继续等下去，直到墙上的钟"咚，咚"地敲了12下。当钟敲完最后一下的时候，门突然一下子开了，进来了一群小精灵。他们蹦蹦跳跳地穿过屋子，来到了鞋匠的工作台前。马上开始又缝线，又敲钉子，做起了鞋子。不久他们就做好了鞋子，在桌子上站成了整齐的一排。然后，他们整理好剩下的边角料，因为他们自己都是整洁干净的小精灵，接着便蹦蹦跳跳地离开了。

"原来是这么回事，"鞋匠说，"我常常听说小精灵会去帮助那些无助的穷人，但我做梦也想不到他们会来帮我做鞋。"

"我也没想到，"他妻子说，"不过你注意到没有？那些可怜的小人身上一点东西也没穿，我想他们肯定会很冷的，现在晚上都已经冻霜了。他们这么使劲地给我们干活，我觉得我们应该给他们做些衣服，让他们不再受冻。我要给他们做些小裤子、小衬衫和小外套。"

"我要给他们做些小鞋子。"鞋匠说。

"他们当然还需要一些小袜子和小帽子。"他妻子说。

于是他们便开始干了起来。他们缝着，钉着，缝着，钉着。

做这么多小人的衣服要花他们很多时间和精力，圣诞节前，最后一件小衣服终于做好了。

圣诞节前夜，鞋匠和妻子把衣服和鞋子放在桌子上，然后两

三、奇妙的王国

人躲到了窗帘后面,看看究竟会发生什么。

就像以前一样,他们等啊等啊,一直等到钟敲了12下。然后门一下子打开了,小精灵们一下子涌了进来。他们跑到桌子前,开始寻找自己要干的活。当然,这一次他们没有找到要干的活。突然,一个小精灵拿起了一条小裤子,他举着仔细地看了看。然后他把一条腿伸了进去,接着又伸进了另一条腿。其他小精灵们唱着笑着,也穿上了裤子。接着,他们又穿上了衬衣、外衣、鞋子和袜子。然后,把样子好玩的帽子拉下来,一直盖到耳朵。你也许见过他们圆圆的大眼睛,听到过他们咯咯咯的笑声。

后来,他们跳起舞来。他们的小鞋子啪啪打着节拍,真是好玩极了。他们一直跳啊,跳啊,最后,他们互相把手搭在肩上,在房子里围成一个圈跳舞,直到跳出了屋子。

此后过了很多个晚上,小精灵们再也没有来过,鞋匠和妻子开始担心他们去了哪里。

"也许小精灵们又去帮助别的更需要他们帮助的人了,"鞋匠说,"我的情况已经有了改变,我们现在可以自食其力了。"

也许他说对了,因为,从此以后,小精灵们就再也没有到鞋匠的家里来过。

真正的快乐是内在的,它只有在人类的心灵里才能发现。

——布雷默

四、亲情的港湾
SI QINQING DE GANGWAN

―――――――――――――――――――――――

一只眼睛的世界 / 焦小凡

车票 / 李家同

爱的絮语 / 席慕蓉

沉睡的大拇指 / G.威尔逊

金色小提琴 / 思　维

母亲的羽衣 / 张晓风

一只眼睛的世界

【焦小凡】

我常会闭上一只眼睛,拿两支削尖的铅笔,看能否把笔尖对在一起。明知道很难,但我还是经常这样,因为它会让我想起我的弟弟。

弟弟比我小两岁,身体很单薄,但个子比我高,现在正在念高中。在家我总是以老大哥自居,觉得自己在他面前很有威信。时常对他说水开了要倒在热水瓶里,在家里不要闲着要扫扫地整理整理院子之类的话来开导他。有事没事总喜欢和他开玩笑,说些风凉话讽刺讽刺他或数落我认为他做得不对的地方。有时他不出声,有时他则忍不住生气,此时我会接着说他没度量。他说不过我,总是气呼呼地从我身边走开,发誓再也不理我,然而过不了多久我们还是会说话的。弟弟暗恋一个女孩子,但是没有钱。农村的孩子是拿不出钱找女朋友的。在他吃了六个星期咸菜后,终于凑够了买一个拼图的钱,送给她时他一句话都没有说。这些是我从他日记中看到的。他喜欢郑渊洁的《童话大王》,我说你断奶了没有,他没吱声。后来我也被《童话大王》吸引了。有时我想他瘦一定是因为他想买什么东西又不向家里要钱而省自己的伙食费造成的。平静的生活就这样过着,直到有一天……

那天我和弟弟躺在凉席上吹着电扇,妈妈在灯下织毛衣。忽然妈妈说:"小东,你眼睛怎么了?""没事。"弟弟一边答应一边起身去院里喝水了。

"怎么了?"我问妈妈。

"他那只眼睛看着不太对劲儿。"妈妈一边织毛衣一边说。

过了一会儿,弟弟回来了。他又发生了什么事?我想。于是

四、亲情的港湾

我便走到弟弟面前说:"让我看看怎么了。"弟弟很平静地对着我。在灯下,我发现他的一只眼睛瞳孔中有白色乳状物。我瞬间想起了一个词:白内障!我捂着他的另一只眼睛说:"地上凳子在哪儿?"他低下头,迟疑了好一会儿,最终也没有指给我。

我像从悬崖坠落一样,脑子里满是恐惧。回过神时,母亲问我弟弟怎么了,我说你自己看吧。弟弟站在那里一动不动,妈妈过去一边问疼不疼一边问那白的是什么东西。弟弟始终没出声,低下头,眼泪从眼中流了出来。

我的呼吸、心跳都在加快。怎么会这样?怎么会这样?我抓住他的双肩问,你能看见院里那只鹅吗?你能看见我吗?你能看见电灯吗?弟弟始终没有抬头,身体颤抖着哭出声来。

"不要哭,好好给我说怎么回事!"我的声音很大,"什么时候看不见的?"

"过年的时候……"弟弟小声说。

我渐渐知道,起初那只眼睛看东西时会有一部分被扭曲,再后来,扭曲的部分变模糊,模糊的部分越来越大,最后就什么也看不见了。这个过程经历了七八个月。

"你为什么不告诉家人!"我吼道。

"家里没钱,看眼睛要花很多钱,我想长大自己挣到钱再治……"

我回头,眼泪一滴一滴地滚下,心仿佛被撕碎了,就这样,眼泪掺和着鼻涕,流得到处都是……

妈妈伤心极了,拿着拖鞋使劲摔向弟弟:"你这不争气的东西,你为啥不给妈说呀……"然后捂着脸哭了起来,"明天去医院……看能……能不能做手……手术,把我的眼……给你啊……你才十七啊……"

我的心在流血,弟弟好傻啊,家里缺钱会不给他看病吗?是我这个当哥哥的不称职啊,我自认为是他最亲密的人,而弟弟在发生了这么大的事之后,连我也不告诉,我这个做哥哥的是多么的无能多么的失败啊!想到我常教训他,讽刺他,有时还动手打

快乐在于选择

他,而那时他的眼睛已……我简直坏到了极点。

晚上爸爸回来时,我们都在哭。知道后,爸爸没哭,但吸了一个晚上的烟。

做手术时,我一直在心里默默念叨:上天,让弟弟好起来吧。用我现在和将来的幸福去换,我会多做好事,我会好好地对待弟弟,我会……

那次上天没有听到我内心的祈祷,弟弟的眼底不好,尽管换装了晶状体,但那只眼最终失明了。

一段日子后我问弟弟:"以前你因为眼睛哭过吗?""哭过好多次,哭也没用,那时觉得家里缺钱,晚上一躺下望着天花板就哭,人家说眼睛坏了只能上大专,其他大学不收……"说着,泪珠又划过脸颊。然后我静静地想,当一个人眼睛一点一点失明却无法开口向亲人求助时是多么的无助、可怕和痛苦,而抵御这些的只有一个念头:"家里困难,将来自己挣到钱再治。"我常对弟弟说:"小东,以后有什么事要给哥哥说,哥哥会尽全力帮你,不要瞒我,我们是一条心的。人活着不能一个人走啊,要保护好你的另一只眼睛。哥能帮你的一定帮你,愿意让爸妈知道的我会告诉他们,不愿让爸妈知道的我会替你保密。记着,哥是你最亲的人。"弟弟点点头。我心里的内疚也许在今后对弟弟一点一滴的关爱中才能减轻,但我愿意永远活在内疚中,算作对我的一个惩罚,因为我没有当好这个哥哥。

现在弟弟正在为理想而拼搏。"眼睛上的障碍会限制大学的专业,但不影响其他专业,清华北大也可以!"我对弟弟这样说。

弟弟是个真正的男子汉!

一次在我闭着一只眼睛往水杯里倒开水时,水倒在了我拿杯子的手上。我又哭了。

四、亲情的港湾

车　票

【李家同】

我从小就怕过母亲节，因为我生下不久，就被母亲遗弃了。

每到母亲节，我就会感到不自然，因为母亲节前后，电视节目全是歌颂母爱的歌，电台更是如此，即使是个饼干广告，也都是母亲节的歌。对我而言，每一首这种歌曲都是消受不了的。

我生下一个多月，就被人在新竹火车站发现了，车站附近的警察们慌作一团地替我喂奶，等到我吃饱了奶，安然睡去，这些警察伯伯轻手轻脚地将我送到了新竹县宝山乡的德兰中心，让那些成天笑嘻嘻的天主教修女照顾我。

我没有见过我的母亲，小时候只知道修女们带我长大。晚上，其他的大哥哥、大姐姐都要念书，我无事可做，只好缠着修女。她们进圣堂念晚课，我跟着进去，有时钻进了祭台下面玩耍，有时对着在祈祷的修女们做鬼脸，更常常靠着修女睡着了。好心的修女会不等晚课念完，就先将我抱上楼去睡觉。我一直怀疑她们喜欢我，是因为我给她们一个溜出圣堂的大好机会。

我们虽然都是家遭变故的孩子，可是大多数都仍有家，过年、过节叔叔伯伯甚至兄长都会来接，只有我，连家在哪里，都不知道。

也就因为如此，修女们对我们这些真正无家可归的孩子们特别好，总不准其他孩子欺侮我们。我从小功课不错，修女们便找了一大批义工来做我的家教。

教我理化的老师，当年是博士班学生，现在已是副教授了。教我英文的，根本就是位正教授，难怪我从小英文就很好了。

修女们也逼迫我学琴，小学四年级，我已担任圣堂的电风琴

快乐在于选择

手,弥撒中,由我负责弹琴。由于我在教会里所受的熏陶,我的口齿比较清晰,在学校里,我常常参加演讲比赛,有一次还担任毕业生致答词的代表,可是我从来不愿在庆祝母亲节中担任重要的角色。

我有时也会想,我的母亲究竟是谁?看了小说以后,我猜自己是个私生子。爸爸始乱终弃,年轻的妈妈只好将我遗弃了。

在大学的时候,我靠工读完成了学业,带我长大的孙修女有时会来看我,我的那些大老粗型的男同学,一看到她,马上变得文雅得不得了。很多同学知道我的身世以后,都会安慰我,说我是由修女们带大的,怪不得我的气质很好。毕业那天,别人都有爸爸妈妈来,我的唯一亲人是孙修女,我们的系主任还特别和她照了相。

服役期间,我回德兰中心玩,这次孙修女忽然要和我谈一件严肃的事,她从一个抽屉里拿出一个信封,请我看看信封的内容。

信封里有两张车票,孙修女告诉我,当警察送我来的时候,我的衣服里塞了这两张车票,显然是我的母亲用这些车票从她住的地方到新竹车站的,一张公车票从南部的一个地方到屏东市。另一张火车票是从屏东到新竹,这是一张慢车票,我立刻明白我的母亲不是有钱人。

孙修女告诉我,她们通常并不喜欢去找出弃婴的过去身世,因此她们一直保留了这两张车票,等我长大了再说。她们观察我很久,最后的结论是我很理智,应该有能力处理这件事了。她们曾经去过这个小城,发现小城人极少,如果我真要找出我的亲人,应该不是难事。

我一直想和我的父母见一次面,可是现在拿了这两张车票,我却犹豫不决了。我现在活得好好的,有大学文凭,甚至也有一位快要谈论终身大事的女朋友,为什么我要走回过去,去寻找一个完全陌生的过去?何况十有八九,找到的恐怕是不愉快的事实。

孙修女却仍鼓励我去,她认为我已有光明的前途,没有理由让我的身世之谜永远成为心头的阴影,她一直劝我要有最坏的打

四、亲情的港湾

算,即使发现的事实不愉快,应该不至于动摇我对自己前途的信心。

我终于去了。

这个我过去从未听过的小城,是个山城,从屏东市要坐一个多小时的公车,才能到达。虽是南部,因为是冬天,总有点山上特有的凉意。小城的确小,只有一条马路、一两家杂货店、一家派出所、一家镇公所、一所小学、一所初中,然后就什么都没有了。

我在派出所和镇公所里来来回回地跑,终于让我找到了两笔和我似乎有关的资料,第一笔是一个小男孩的出生资料,第二个是这个小男孩家人来申报遗失的资料,遗失就在我被遗弃的第二天,出生在一个多月以前。据修女们的记录,我被发现在新竹车站时,只有一个多月大。看来我找到我的出生资料了。

问题是:我的父母都已去世了,父亲6年前去世,母亲几个月以前去世的,我有一个哥哥,这个哥哥早已离开小城,不知何处去了。

毕竟这是个小城,谁都认识谁,派出所的一位老警员告诉我,我的妈妈一直在那所初中里做工友。他马上带我去看初中的校长。

校长是位女士,非常热忱地欢迎我。她说的确我的妈妈一辈子在这里做工友,是一位非常慈祥的老太太,我的爸爸非常懒,别的男人都去城里找工作,只有他不肯走,在小城做些零工,小城根本没什么零工可做,因此他一辈子靠我的妈妈做工友过活。因为不做事,心情也就不好,只好借酒消愁,喝醉了,有时打我的妈妈,有时打我的哥哥。事后虽然有些后悔,但积习难改。妈妈被闹了一辈子,哥哥在初中二年级的时候,索性离家出走,从此没有回来。

校长问了我很多事,我一一据实以告,当她知道我在北部的孤儿院长大以后,她忽然激动了起来,在柜子里找出了一个信封,这个大信封是我母亲去世以后,在她枕边发现的,校长认为里面的东西一定有意义,决定留下来,等她的亲人来领。

快乐在于选择

我用颤抖的手,打开了这个信封,发现里面全是车票,一套一套从这个南部小城到新竹县宝山乡的来回车票,全部都保存得好好的。

校长告诉我,每半年我的母亲会到北部去看一位亲戚,大家都不知道这亲戚是谁,只感到她回来的时候心情就会很好。母亲晚年信了佛教,她最得意的事是说服了一些信佛教的有钱人,凑足了100万台币,捐给天主教办的孤儿院,捐赠的那一天,她也亲自去了。

我想起来,有一次一辆大型游览车带来了一批南部到北部来进香的善男信女。他们带了一张100万元的支票,捐给我们德兰中心。修女们感激之余,召集所有的小孩子和他们合影,我正在打篮球,也被抓来,老大不情愿地和大家照了一张相。现在我居然在信封里找到了这张照片,我也请人家认出我的母亲,她和我站得不远。

更使我感动的是我毕业那一年的毕业纪念册,有一页被影印了以后放在信封里,那是我们班上同学戴方帽子的一页,我也在其中。

我的妈妈,虽然遗弃了我,仍然一直来看我,她甚至可能也参加了我大学的毕业典礼。

校长的声音非常平静,她说:"你应该感谢你的母亲,她遗弃了你,是为了替你找一个更好的生活环境。你如留在这里,最多只是初中毕业以后去城里做工,我们这里几乎很少有人能进高中的。弄得不好,你吃不消你爸爸的每天的打骂,说不定也会像你哥哥那样离家出走,一去不返。"

校长索性找了其他的老师来,告诉了他们有关我的故事,大家都恭喜我能从公立大学毕业。有一位老师说,他们这里从来没有学生可能考取公立大学的。

我忽然有一个冲动,我问校长校内有没有钢琴,她说她们的钢琴不是很好的,可是电风琴却是全新的。

我打开了琴盖,对着窗外的冬日夕阳,一首一首地弹母亲节

四、亲情的港湾

的歌，我要让人知道，我虽然在孤儿院长大，可是我不是孤儿。因为我一直有那些好心而又有教养的修女们，像母亲一般地将我抚养长大，我难道不该将她们看成自己的母亲吗？更何况，我的生母一直在关心我，是她的果断和牺牲，使我能有一个良好的生长环境和光明的前途。

我的禁忌消失了，我不仅可以弹所有母亲节歌曲，我还能轻轻地唱。校长和老师们也跟着我唱，琴声传出了校园，山谷里一定充满了我的琴声，在夕阳里，小城居民们一定会问，为什么今天有人要弹母亲节的歌？

做母亲的学问，就在于懂得默默无闻地、不为人知地发扬自己的优点；她从不炫耀自己，却时刻忠于自己的事业，每做一件小事都表现出她的美德。

——巴尔扎克

快乐在于选择
KUAILE ZAIYU XUANZE

爱的絮语

【席慕蓉】

一

丛林中吹过细碎的风,我的孩子从梦中醒来了。双颊温香如蔷薇,黑亮的眼睛在四处搜索、探寻。那神情从睡意蒙眬变为惊奇,变为惶恐,再变为忧伤,一直到忽然间看见了她的母亲。于是,笑意霎时从整朵粉红的小蔷薇上荡漾开来:"妈妈,妈妈。"她满足地轻声呼唤我。

而我遂温柔地俯身就她的呼唤,一如亘古以来所有的母亲。

二

在孩子不听话时,我心中充满了懊恼,停止了呼叱,我独自扶着头,坐在角落里,疲倦地流泪了。

而那在一秒钟之前还在疯狂状态的顽童忽然安静下来了,远远地,她用又清又亮的眼睛注视着我,然后蹒跚地爬过来,攀住我裸露的膝头,那温热的小手掌试着要拨开我的双手,"妈妈?""妈妈?"

唯一的词汇可以有多少种变化!妈妈,你别哭了。妈妈,我不再闹了。妈妈,我后悔了。妈妈,我爱你!

三

在从前,玫瑰对我象征甜美的爱,而在今天,它代表危险,因为,它的刺会伤害我的孩子。

在以前,奔跑对我是一种享受,而在今天,我必须慢慢地走,

四、亲情的港湾

因为我的孩子的脚太小太弱了。

当我是少女时,我怕黑,怕陌生人,怕一切可怕的事物,但当我今天成为母亲时,为了我的孩子,我变成为一只准备对抗一切危险的母狼。

四

孩子,你是在什么时候来到我们身边的呢?

是跟着待产室窗外的曙光来的吗?

还是再早一点,在上一个春天,在那个胖医生向我恭喜时来的吗?

还是更早一点,在我和你的父亲忽然发现屋子太冷清,而邻居婴儿的笑声太可爱时,你已在我们心中成形了呢?在我们的渴望中,你已开始微笑了呢?

而今天你来了,你没让我们失望,果然长得和我们渴望的一模一样。

五

父亲回家了,孩子在门里看见,便跳跃着叫:"爸爸,爸爸。"

然后,两只白胖的小手举起她父亲的拖鞋,东歪西撞地跑到门边,一边叫着:"爸爸鞋鞋,爸爸鞋鞋。"

那个辛苦奔波了一天的父亲,在一进门的这一刹那就获得满足的补偿了。

六

孩子在小床上说梦话:"妈妈打。"然后又翻身睡着了。但她的被惊醒的母亲却在大床上支着头,俯视着孩子的小脸,再也无法入睡了。

亲爱的孩子,难道妈妈真的是这样凶,让你在睡梦中也不得安宁吗?你不是妈妈最盼望的礼物吗?你不是妈妈最珍贵的财产

快乐在于选择

吗?当妈妈听到你第一声的啼哭时,那喜悦和感恩的泪水不是曾夺眶而出吗?

为什么,竟然因为不愿意忍受你的自主,你的智慧的成长,或者只因为妈妈疲倦了,便恫吓你,对你生气。孩子,妈妈对不起你。

七

风和日丽,父亲和母亲带着孩子出来散步。街上的人和平常一样,忙着做自己的事。脚踏车店的学徒在补车胎,米店的老板娘在扫走廊,学生在等公共汽车上学校,每个人都和平常一样。

但是,父亲和母亲却不住地向人点头微笑,因为他们正带着那个美丽的孩子出来散步,所以,要不断地用谦虚的微笑来掩饰心中的骄傲和自豪。

和睦的家庭空气是世界上的一种花朵,没有东西比它更温柔,没有东西比它更适宜于把一家人的天性培养得坚强、正直。

——德莱塞

四、亲情的港湾

沉睡的大拇指

【G.威尔逊】

爷爷去世时，大拇指依然藏在掌心里。这就是说，爷爷右手的大拇指已整整蜷曲16年，开始的前5年，它是刻意蜷曲，但在余下的11年里，它却无法回到原先的模样。

从盖尔出生的那天起，他的爸爸妈妈就开始为他担心了。因为盖尔左手的尾指旁边长了根小小的第6指。

转眼间，盖尔已经3岁，父母把他送进了幼儿园。可上幼儿园的第一天，他回家后便眼泪汪汪地问爸爸妈妈和爷爷："为什么我比其他小朋友多了一根指头？迪克说我是怪物。"大家都沉默了。是啊，随着年龄的增长，盖尔的第6根指头也长大了许多，看上去有点碍眼。此时此刻，爷爷陷入深思，盖尔是那样的聪明可爱，乖巧伶俐，他的伤心和自卑令爷爷感到不安。突然，他的目光掠过钢琴架上的雕塑。那是一尊泥塑手雕，大拇指用力地压在掌心里。

爷爷像发现了珍宝似的，会心一笑，把盖尔抱放在自己的膝盖上。"宝贝，你看爷爷右手的大拇指，它是个小懒虫，从你出生的那天起，它就开始睡觉了，到现在还不肯起来。"爷爷边说边伸出右手，把大拇指蜷在掌心，然后让掌心朝下，并把盖尔的右手掌心朝上，当两只手合在一起的时候，正好10个手指，不多也不少。"我知道了，您的大拇指偷懒不听话，所以我就替您长了一根手指，是这样的吧，爷爷？"天真的盖尔开心地笑了，充满自豪。小小的他觉得，这第6根手指担负着重大的责任，它是来帮助爷爷的。

爷爷迅速地把这件事告诉了家人和朋友，还请盖尔的老师在

班上告诉其他小朋友，盖尔帮爷爷长了一根大拇指。小朋友们非但不再嘲笑盖尔了，还佩服盖尔小小年纪就能帮助大人。

自从和盖尔说过沉睡的大拇指的事后，只要见到盖尔，爷爷右手的大拇指就会条件反射地蜷进掌心。时间稍长一些，右手的大拇指就会麻麻地疼，得用左手帮忙才能慢慢地舒展开。久而久之，爷爷习惯成自然，时刻把右手大拇指蜷起来，也习惯了用4根指头吃饭做事。不熟悉的人还真以为爷爷的手原本就是那样的。而盖尔呢，自从听了爷爷的故事后，对第6指便特别关心爱护，冬天的时候还特意涂上一层厚厚的防裂霜，他觉得这是爱爷爷的一种表现。一次，当爸爸妈妈把盖尔带到医院说可以切除第6指时，盖尔大声抗议："这是我帮爷爷长的手指，怎么可以切除呢？除非爷爷的大拇指睡醒起来了。"可是，爷爷的手指5年来一直习惯蜷曲在掌心里，它已经变形萎缩，完全失去了最初的力量，重新扳直已不可能，但却使盖尔度过了幸福快乐的童年。这对爷爷来说，已经非常满足了。当爷爷知道盖尔拒绝切除第6指的原因后，一股暖流涌上心头。他找来纱布，把大拇指裹住，然后告诉盖尔，他已经动了手术，手指马上就可以伸直了，盖尔的第6指已经完成了历史使命。盖尔听话地随父母去了医院，手术很成功，而爷爷的大拇指虽然用纱布缠了很久，但始终无法伸展。

爷爷去世后，父母将大拇指的真相告诉了盖尔。那一刻，盖尔受到了前所未有的震撼，因为沉睡的大拇指给了他完整的人生，还真真切切地告诉了他什么叫亲情。

四、亲情的港湾

金色小提琴

【思 维】

从海利记事开始,每天吃过晚饭,在乐团工作的父亲就会拿起那把金色的小提琴,拉一曲悠扬的《爱的女神》。这时,母亲总会用浸了栀子花和薄荷叶的水洗她那一头漂亮的栗色长发,然后抱着海利,轻轻地和着父亲的节奏唱歌……

海利7岁那年,母亲因为肺病而永远地离开了他们。父亲好像在一夜之间变成了另一个人,他那双深邃的蓝眼睛充满了忧郁的神色。好几次夜深人静的时候,海利还看见父亲在房间里默默地擦拭着那把金色的小提琴,一遍又一遍。

不久,父亲所在的乐团因为资金周转不灵而解散了,一家人的生活开始变得窘迫不堪。

日子一天天过去,海利也长大了。海利18岁那年,考取了剑桥大学。在一次舞会上,他结识了一个漂亮的女朋友——蒂娜,她的父亲是伦敦一家大公司的董事长。当他告诉她,他母亲的曾外祖母是欧洲王室的公主时,蒂娜的眼睛里立刻闪烁出兴奋的神色,她马上和他谈论书中读到的王冠、钻石、宴会和爱情,说那是她向往的一切。说不清是虚荣还是自卑,海利没有继续给她讲自己现在的家庭,讲那个破旧的小院和父亲那有点儿微驼的背。

海利把自己有女朋友的事情告诉了父亲,他说恋爱的开销很大,所以他不得不去打好几份工。父亲很快来信了,他说他最近已提升成为主管,加了薪水,以后可以给海利寄更多的生活费,要海利不要太苛刻自己。

暑假到了,海利随蒂娜到她在伦敦的家。金碧辉煌的别墅让

快乐在于选择

海利有种眩晕的感觉。当蒂娜高兴地向父母介绍海利是贵族的后代时，蒂娜父亲的眼中露出了怀疑的眼神，他说："相信你的家庭也能为我女儿提供优雅而舒适的生活环境。也许明天晚上我们可以和你父亲一起进餐。"海利的心沉了下来，他想起了母亲曾说过的话："你爸爸当初就是爱上了我的一头长发。而我，就是爱上了他拉小提琴的样子。"

失落之中，海利忽然想起那把产自意大利的金色小提琴，那是当年母亲舍弃繁华的上流社会而追随父亲时唯一的嫁妆，应该是一件价值不菲的古董。海利激动起来，如果卖了它，说不定有一大笔钱可以让他成为上流社会的一员。

等父亲上班后，海利从父亲的卧室里找出小提琴，来到古董行请人鉴定。"哦，天哪！"哈里森先生激动地说，"它产自300多年前意大利的克利蒙那！这把小提琴价值连城！"

忐忑不安的海利知道父亲这一关并不好过。"爸爸，蒂娜的家族是不会接受平民子弟的，而且，您也好久没有用过它了……"父亲的脸抽动了一下，他沉默了好久，说："你准备什么时候卖掉它？"

"明天下午！哈里森先生会亲自来我们家取它，支票已经开给我了，足够我们买一栋新房子……"

海利忽然很害怕蒂娜全家知道自己的父亲只是个普通职员，他含糊地说："那没什么了。今天晚上他们家要在一家酒店举行宴会，希望……希望我能去。"父亲没有再说什么，他转身走进了房间。望着父亲孤单的身影，海利的心中涌出了一股苦涩的滋味。

蒂娜家真的很阔绰，他们包下了整个酒店，十分隆重。当西装革履的海利和身穿银色晚礼服的蒂娜走入会场的时候，人们都用羡慕的眼神看着这一对金童玉女，不时有妇人窃窃私语："他们真是般配，听说蒂娜的未婚夫也是富家子弟呢！"

灯光暗淡了下来，华丽的舞池中央只剩下了海利和蒂娜。在悠扬的小提琴声中，他们翩翩起舞。一曲舞毕，司仪向大家介绍

四、亲情的港湾

道:"刚才为我们拉这一曲的是敏斯特老先生,他在我们酒店工作了4年,每天晚上都会为我们带来美好的享受。遗憾的是,明天他就要离开了,今晚是他的最后一次演奏。下面他将为我们演奏动人的《爱的女神》。"

灯光渐渐明亮起来,一位清瘦的老人向四周鞠了一躬,然后拿起一把金色的小提琴开始深情地表演。是父亲!海利的泪水几乎是在一瞬间汹涌而出。他忽然明白了一切,父亲为供他上大学,白天要拼命工作,晚上还要来这里演奏,他那双坚韧的臂膀就是这样累垮的啊!

海利拨开拥挤的人群,向父亲走去。老人含着眼泪望着儿子,手里还紧紧握着那把金色的小提琴。在众人诧异的目光中,海利骄傲地挽起了父亲,大声说:"这就是我的父亲。这么多年,他安慰我说他在公司里提升了,其实他一直都在这里用这把小提琴为我提供学费,而我还毫不知情。我不是富家子弟,但我的父亲却让我知道了什么叫富有。那是不带任何功利的感情,也是我值得终身感激的感情!"

说完,他挽着年迈的父亲,背上那把金色的小提琴,昂首走出了酒店的大门。"爸爸,"海利无限感激地对父亲说,"这把金色小提琴,我会永远替您保存!"……

母亲的羽衣

【张晓风】

讲完了牛郎织女的故事,细看儿子已经垂睫睡去,女儿却犹自瞪着坏坏的眼睛。

忽然,她一把抱紧我的脖子,把我坠得发疼:

"妈妈,你说,你是不是仙女变的?"

我一时愣住,只胡乱应道:

"你说呢?"

"你说,你说,你一定要说。"她固执地扳住我不放,"你到底是不是仙女变的?"

我是不是仙女变的?——哪一个母亲不是仙女变的?

像故事中的小织女,每一个女孩都曾住在星河之畔,她们织虹纺霓,藏云捉日,她们几曾烦心挂虑?她们是天神最偏怜的小儿女,她们终日临水自照,惊讶于自己美丽的羽衣和美丽的肌肤,她们久久凝视着自己的青春,被那份光华弄得痴然如醉。

而有一天,她的羽衣不见了,她换上了人间的粗布——她已决定做一个母亲。有人说她的羽衣锁在箱子里,她再也不能飞翔了,人们还说,是她丈夫锁上的,钥匙藏在极秘密的地方。

可是,所有的母亲都明白那仙女根本就知道箱子在哪里,她也知道藏钥匙的所在,在某个无人的时候,她甚至会惆怅地开启箱子,用忧伤的目光抚摸那些柔软的羽毛,她知道,只要羽衣一着身,她就会重新回到云端,可是她把柔软白亮的羽毛拍了又拍,仍然无声无息地关上箱子,藏好钥匙。

是她自己锁住那身昔日的羽衣的。

四、亲情的港湾

她不能飞了,因为她已不忍飞去。

而狡黠的小女儿总是偷窥到那藏在母亲眼中的秘密。

许多年前,那时我自己还是个小女孩,我总是惊奇地窥视着母亲。

她在口琴背上刻了小小的两个字"静鸥",那里面有什么故事吗?那不是母亲的名字,却是母亲名字的谐音,她也曾梦想过自己是一只静栖的海鸥吗?她不怎么会吹口琴,我甚至想不起她吹过什么好听的歌,但那名字对我而言是母亲神秘的羽衣,她轻轻写那两个字的时候,她可以立刻变了一个人,她在那名字里是另外一个我所不认识的有翅的什么。

母亲晒箱子的时候是她另外一种异常的时刻,母亲似乎有些好东西,完全不是拿来用的,只为放在箱底,按时年年三伏天取出来曝晒。

记忆中母亲晒箱子的时候就是我兴奋欲狂的时候。

母亲晒些什么,我已不记得,记得的是樟木箱又深又沉,像一个混沌黝黑初生的宇宙,另外还记得的是阳光下竹竿上富丽夺人的颜色,以及怪异却又严肃的樟脑味儿,以及我在母亲喝禁声中东摸摸、西探探的快乐。

我唯一真正记得的一件东西是幅漂亮的湘绣被面,雪白的缎子上,绣着兔子和翠绿的小白菜,以及红艳欲滴的小杨花萝卜。全幅上还绣了许多别的令人惊讶赞叹的东西,母亲一面整理,一面会忽然回过头说:"别碰,别碰,等你结婚就送给你。"

我小的时候好想结婚,当然也有点害怕。不知为什么,仿佛所有的好东西都是等结婚就自然是我的了,我觉得一下子有那么多好东西也是怪可怕的事。

那幅湘绣后来好像不知怎么消失了,我也没有细问。对我而言,那么美丽得不近真实的东西,一旦消失,是一件合理得不能再合理的事。譬如初春的桃花,深秋的红枫,在我看来都是美丽得违了规的东西,是茫茫大化一时的错误,才胡乱把那么多的美

堆到一种东西上去。桃花理该一夜消失的，不然岂不叫世人都疯了？

湘绣的消失对我而言，简直就是复归大化了。

但不能忘记的是母亲打开箱子时那份欣悦自足的表情，她慢慢地看着那幅湘绣，那时我觉得她忽然不属于周遭的世界，那时候她会忘记晚饭，忘记我扎辫的红绒绳。她的姿势细想起来，实在是仙女依恋着羽衣的姿势，那里有一个前世的记忆，她又快乐又悲哀地将之一一拾起，但是她也知道，她再也不会去拾起往昔了——唯其不会重拾，所以回顾的一刹那特别地深情凝重。

除了晒箱子，母亲最爱回顾的是早逝的外公对她的宠爱。有时她胃痛，卧在床上，要我把头枕在她的胃上，她慢慢地说起外公。外公似乎很舍得花钱（当然也因为有钱），总是带她上街去吃点心，她总是告诉我当年的肴肉和汤包怎么好吃，甚至煎得两面黄的炒面和女生宿舍里早晨订的"冰糖"豆浆（母亲总是强调"冰糖"豆浆，因为那是比"砂糖"豆浆更为高贵的），都是超乎我想象力之外的美味。我每听她说那些事的时候，都惊讶万分——我无论如何不能把那些事和母亲联系在一起。我从有记忆起母亲就是一个吃剩菜的角色，红烧肉和新炒的蔬菜，简直就是理所当然地放在父亲面前的，她自己的面前永远是一盘杂拼的剩菜和一碗"擦锅饭"（擦锅饭就是把剩饭在炒完菜的锅中一炒，把锅中的菜汁擦干净了的那种饭），我简直想不出她不吃剩菜的时候是什么样子。

而母亲口里的外公、上海、南京、汤包、肴肉全是仙境里的东西，母亲每讲起那些事，总有无限温柔。她既不感伤，也不怨叹，只是那样平静地说着。她并不要把那个世界拉回来，我一直都知道这一点，我很安心，我知道下一顿饭她仍然会坐在老地方，吃那盘我们大家都不爱吃的剩菜。而到夜晚，她会照例一个门、一个窗地去检点、去上闩。她一直负责把自己牢锁在这个家里。

哪一个母亲不曾是穿着羽衣的仙女呢？只是她藏好了那件衣

四、亲情的港湾

服，然后用最黯淡的一件粗布把自己掩藏了，我们有时以为她一直就是那样的。

而此刻，那刚听完故事的小女儿鬼鬼地在窥视着什么？

她那么小，她由何得知？她是看多了卡通，听多了故事吧？她也发现了什么吗？

是在我的集邮本偶然被儿子翻出来的那一刹那吗？是在我拣出石涛画册或汉碑并一页页细味的那一刻吗？是在我猛然回首听他们弹一阕熟悉的钢琴练习曲的时候吗？抑或是在我带他们走过年年的春光，不自主地驻足在杜鹃花旁或流苏树下的一瞬间吗？

或是在我动容地托住父亲的勋章或童年珍藏的北平画片的时候，或是在我翻拣夹在大字典里的干叶之际，或是在我轻声地教他们背一首唐诗的时候……

是有什么语言自我眼中流出呢？是有什么音乐自我腕底泻过呢？为什么那小女孩会问道：

"妈妈，你是不是仙女变的呀？"

我掰开她的小手，救出我被吊得酸麻的脖子，我想对她说：

"是的，妈妈曾经是一个仙女，在她做小女孩的时候，但现在，她不是了，你才是，你才是一个小小的仙女！"

但我凝视着她晶亮的眼睛，只简单地说了一句：

"不是，妈妈不是仙女。你快睡觉。"

"真的？"

"真的！"

她听话地闭上了眼睛，旋即又不放心地睁开：

"如果你是仙女，也要教我仙法哦！"

我笑而不答，替她把被子掖好，她兴奋地转着眼珠，不知在想些什么。

然后，她睡着了。

故事中的仙女既然找回了羽衣，大约也回到云间去睡了。

快乐在于选择
KUAILE ZAIYU XUANZE

风睡了,鸟睡了,连夜也睡了。
我守在两张小床之间,久久凝视着他们的睡容。

女人固然是脆弱的,母亲却是坚强的。

——雨 果

人的嘴唇所能发出的最甜美的字眼,就是母亲,最美好的呼唤,就是"妈妈"。

——纪伯伦

五、快乐在于选择

WU KUAILE ZAIYU XUANZE

菲里斯的箴言 / 敏　江
快乐在于选择
　　悲观与乐观 / 班　福
　　选择快乐的人做朋友 / 奥　修
快乐如风 / 卞毓方
幸福为何总在遥远的山那边 / 张世群

菲里斯的箴言

【敏 江】

爱德华先生是个成功而忙碌的银行家。由于成天跟金钱打交道，不知不觉，爱德华先生养成了喜欢用钱打发一切的习惯，不仅在生意场上，对家人也如此。他在银行为妻子儿女开设了专门的户头，每隔一段时间就划拨大笔款额供他们消费；他让秘书去选购昂贵的礼物，并负责在节日或者家人的某个纪念日送上门。所有事情就像做生意那样办得井井有条，可他的亲人似乎并没有从中得到他所期望的快乐。时间久了他自己也很抱屈：为什么我花了那么多钱，可他们还是不满意，甚至还对我有所抱怨？

爱德华先生订了几份报纸，以便每天早晨可以浏览到最新的金融信息。原先送报的是个中年人，不知何时起，换成了一个十来岁的小男孩。每天清晨，他骑单车飞快地沿街而来，从帆布背袋里抽出卷成筒的报纸，投到爱德华先生家的门廊下，再飞快地骑着车离开。

爱德华先生经常能隔着窗户看到这个匆忙的报童。有时，报童一抬眼，正好也望见屋里的他，还会调皮地冲他行个举手礼。见多了，就记住了那张稚气的脸。

一个周末的晚上，爱德华先生回家时，看见那个报童正沿街寻找着什么。他停下来，好奇地问："嘿，孩子，找什么呢？"报童回头认出他，微微一笑，回答说："我丢了5美元，先生。""你肯定丢在这里了？""是的，先生。今天我一直呆在家里，除了早晨送报。肯定丢在路上了。"

五、快乐在于选择

爱德华先生知道,这个靠每天送报挣外快的孩子不会生长在生活优越的家庭;而且他还可以断定,那丢失的5美元是这孩子一天一天慢慢攒起来的。一种怜悯心促使他下了车,他掏出一张5美元的钞票递给他,说:"好了,孩子,你可以回家了。"报童惊讶地望着他,并没伸手接这张钞票,他的神情里充满尊严,分明在告诉爱德华先生他并不需要施舍。

爱德华先生想了想说:"算是我借给你的,明早送报时别忘了给我写一张借据,以后还我。"报童终于接过了钱。

翌日,报童果然在送报时交给爱德华先生一张借据,上面的签名是菲里斯。其实,爱德华先生一点都不在乎这张借据,不过倒是关心小菲里斯急着用5美元干什么。"买个圣诞天使送给我妹妹,先生。"菲里斯爽快地回答。

孩子的话提醒了爱德华先生,可不,再过一星期就是圣诞节了。遗憾的是,自己要飞往加拿大洽谈一项并购事宜,不能跟家人一起过圣诞节了。

晚上,一家人好不容易聚在一起吃饭时,爱德华先生宣布道:"下星期,我恐怕不能和你们一起过圣诞节了。不过,我已经交代秘书在你们每个人的户头里额外存一笔钱,随便买点什么吧,就算是我送给你们的圣诞礼物。"

饭桌上并没有出现爱德华先生期望的热烈,家人们都只是稍稍停了一下手里的刀叉,相继对他淡淡地说了一两句礼貌的话以示感谢。爱德华先生心里很不是滋味。

星期一早晨,菲里斯照例来送报,爱德华先生却破例走到门外与他攀谈。他问孩子:"你送妹妹的圣诞天使买了吗?多少钱啊?"菲里斯点头笑道:"一共48美分,先生。我昨天先在跳蚤市场用40美分买下一个芭比娃娃,再花8美分买了一些白色挑纱、绸和丝线。我同学拉瑞的妈妈是个裁缝,她愿意帮忙把那个旧娃娃改成一个穿漂亮纱裙、长着翅膀的小天使。要知道,那个圣诞天使完全是按童话书里描述的样子做的——我妹妹最喜欢的一本童

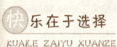

话书。"

菲里斯的话深深触动了爱德华先生，他感慨道："你多幸运，48美分的礼物就能换得妹妹的欢喜。可是我呢，即便付出了比这多得多的钱，得到的不过是一些不咸不淡的客套话儿。"

菲里斯眨眨眼睛，说："也许是他们没有得到所希望的礼物？"爱德华先生皱皱眉头，他根本不知道他的家人想要什么样的圣诞礼物，而且似乎从来也没有询问过，因为他觉得给家人钱，让他们自己去买是一样的。他不解地说道："我给他们很多钱，难道还不够吗？"菲里斯摇头道："先生，圣诞礼物其实就是爱的礼物，不一定要花很多钱，而是要送给别人心里希望的东西。"

菲里斯沿着街道走远了，爱德华先生还站在门口，沉思好久好久才转身进屋。屋子里早餐已经摆好了，妻子儿女们正等着他。这时，爱德华先生没有像平时那样自顾自地边喝牛奶边看报纸，而是对大家说："哦，我已经决定取消去加拿大的计划，想留在家里跟你们一起过圣诞节。现在，你们能不能告诉我，你们心里最希望得到什么样的圣诞礼物呢？"

因为很久没有这样与家人沟通，所以爱德华先生说话时有点不自在。家人也有些吃惊，他们交换了一下眼色，似乎明白了他的用心，于是一起朝他微笑起来。几个孩子叽叽喳喳地争相诉说自己的愿望，妻子则悄悄将手亲密地放在他的手上——那是他期盼已久的甜蜜家庭的氛围。

从第二年开始，爱德华先生在银行里设立了"天使基金"，每年的12月都会派专人去挑选一些圣诞礼物，分送给福利机构和孤儿院里的孩子们。这些小礼物并不昂贵，不过由于事先请专人做了调查，所以送去的礼物一定是孩子们心中渴望的东西。因为圣诞礼物其实就是爱的礼物——这句话如箴言一样，让爱德华先生谨记心田。

五、快乐在于选择

快乐在于选择

悲观与乐观
班　福

有一对性格迥异的双胞胎，哥哥是彻头彻尾的悲观主义者，弟弟则像个天生的乐天派。在他们8岁那年的圣诞节前夕，家里人希望改变他们极端的性格，为他们准备了不同的礼物：给哥哥的礼物是辆崭新的自行车，给弟弟的礼物则是满满的一盒马粪。

拆礼物的时候到了，所有人都等着看他们的反应。

哥哥先拆开了他那个巨大的盒子，竟然哭了起来："你们知道我不会骑自行车！而且外面还下着这么大的雪！"

正当父母手忙脚乱地希望他高兴的时候，弟弟好奇地打开了属于他的那个盒子——房间里立刻充满了一股马粪的味道。出乎意料，弟弟欢呼了一声，然后就兴致勃勃地东张西望起来："快告诉我，你们把马藏在哪儿了？"

选择快乐的人做朋友
奥　修

有人是悲伤的，他没有对你说过一件事。你正坐在他身边，忽然间你感到一阵悲伤传到你身上。有人是快乐的，只是快乐着，什么都没有对你说——但突然间，你感到一阵快乐进入了你身上。如果20个人快乐地坐着，你带去一个悲伤的人，几分钟之

快乐在于选择

内,他将感到有一个变化,他的情绪正在变化。和悲伤的人在一起,你变得悲伤。和快乐的人在一起,你变得快乐。那就是为什么如果你尽情地和孩子一起玩乐,你也成了孩子。和孩子一起玩乐,你就一下子忘了全部的担忧和世界——你变得像个孩子一样,非常清新。

如果你想快乐,就经常和孩子在一起,如果你想一生都快乐,就选择快乐的人做朋友。

幸福,假如它只是属于我,成千上万人当中的一个人的财产,那就快从我这儿滚开吧!

——别林斯基

五、快乐在于选择

快乐如风

【卞毓方】

凯特一出道就瞄准1500米，水平很快就在他的加勒比海小国名列前茅。然而，让雄心万丈的小凯特屡屡气短的，是他迄今为止，在任何一次国际大赛上都还没能拿到奖牌。他总是沦为配角，悲凉的、悲怆的、悲壮的配角，他用他的苦涩，衬托出胜利者的辉煌。

又一次参加国际田联黄金大奖赛，大会组织者出于通盘考虑，请凯特担任"自杀性"的领跑，许诺酬以重金。凯特眼瞅强手如林，自家获奖无望，便咬咬牙，答应试试。比赛一开始，凯特就奋勇冲在前面，在前800米，一直遥遥领先。当然，凯特不可能长久保持这样的速度，他的任务，就是赛好前半程，两圈一到，就退出跑道。

即使退出跑道，凯特也仍保持应有的尊严，他手抚胸口，面带微笑，向全场的观众鞠躬致意。然后，挺着胸脯，吹着口哨，大大方方地步出场外。

组织者事后说，想不到凯特的任务完成得那么好，那么好。他的速度控制适宜，节奏安排合理，形象，对，无论体形还是步态也都十分优美，全方位的优美。正因有了他，常规格局中杀出一匹黑马，搅乱方阵，掀起旋风，变按部就班为急起直追，这才天下大乱，乱世出英雄，英雄创神奇。有事实为证：这一组的所有选手，都大幅度提高了成绩，夺冠者，更刷新了赛会纪录。

凯特就此喜欢上了领跑。在一些规则许可的国际赛事上，他频频出任这一角色。

快乐在于选择

说话已是两年之后,在国际田联黄金大奖赛巴黎分站,凯特又被邀请担当1500米的领跑。凯特照例一出发就撒脚飞奔,很快就把大队人马落下一大截。两圈过后,凯特突然觉得反常,身边没有人影,脑后也没有脚步声。他回过头,呀!这是怎么搞的?那些担纲出成绩、破纪录的大牌选手,并没有如约定的那样加油赶上。一定是哪儿出了问题。不会是我吧?不,我很清醒。这是第二圈?是的,第二圈,这是1500米?当然,是1500米,不是800米。凯特感觉今天状态特别好,特别好,跑罢第二圈,周身仍有滚滚滔滔、跑不丢、使不完、用不尽的力气。今天的观众也特别捧场,"凯特!凯特!"此起彼伏,"凯特!凯特!"地动山摇,"凯特!"成了节奏,"凯特!"成了鼓点。于是,凯特决计临场发挥,继续领跑,直到后面的主角赶上来为止。谁知三圈过后,凯特不仅依然领先,而且和后面选手的距离反而越拉越大,啊,今天反常,彻底反常。跑道缩短,时间拉长。规则破坏,游戏出格。快乐如风!奔跑如风!凯特干脆发力冲刺,结果,他破天荒获得世界冠军。

五、快乐在于选择

幸福为何总在遥远的山那边

【张世群】

小时候曾听过一首外国民谣，不知何故那头两句就一直深印在脑子里。这两句是：

在那遥远的山那边，

人说，幸福就住在那里……

后来年事渐长，每想起这两句词，就产生疑问：幸福为何一定要住在山的那一边？如果住在这边，住得近一点不可以吗？我一直有这疑问，但又不敢问人，怕问出来，人家会笑我傻。而且我隐隐约约地感觉到，即使是拿出来问人，大概也得不到什么答案。

稍稍长大以后，我开始偶尔会看到，并蓄意去注意看起来好像很幸福的人。我想，幸福的人，必是幸福住在他们家，他们才会幸福。幸福肯住在他们家，他们当然是与旁人很不一样。

看到一些幸福的人，果然是很不一样的。譬如，常看到一对夫妇从一栋白色的花园邸宅走出来，衣着华丽，面带笑容，手牵着手。他们的表情是那么自信，那么快乐。也曾看到一群人结伴在湖上坐船，大声嬉闹，不时发出阵阵哄笑。我想，他们都是幸福的。

当时，我们家很穷，父亲不在，母亲天天以泪洗面。我们几个兄弟姐妹都觉得我们是很不幸福的。

凡是幸福的人，都是很陌生的人；凡是我比较熟悉的人好像都不怎么幸福。我的二姑妈，嫁到了一家很富有的人家，听母亲说，二姑妈应当是很幸福的。但二姑妈每次到我们家就向母亲倾

快乐在于选择
KUAILE ZAIYU XUANZE

诉婆婆待她不好,丈夫欺负她,有一次我还看到她悄悄擦眼泪。自此在我心目中,她那身华丽的衣服不再代表幸福。大姊也出嫁了,嫁的是很体面的人家。她每次回家,面带微笑,邻居们都对母亲说:"你女儿嫁得好幸福啊!"母亲大姊都微笑默认。但我好几次看到她们两人单独相对时默然无言,神色悲戚。我不敢问,但我感觉得出,大姊并不幸福,而且非常不快乐。

于是我开始有一点了解,幸福一定是住在很遥远的地方,一定是住在山的那一边。因为遥远的人是美丽的,陌生的人是遥远的。陌生的人走来走去,穿着华丽的衣服,微笑,结伴游湖,谈笑风生。你只看见他们的幸福,你并不知他们回家后,不微笑、不谈笑风生的时候,是否擦过眼泪,是否神色悲戚。

母亲生了一场病后,脸色苍白,身体很弱。她要去菜市场,我有点不放心,我说要陪她去。母亲说:"在家用功读书。"但我再坚持,母亲便欣然同意。

一路上母亲拉着我的手,我一手替母亲拿着菜篮子。我们买的不多,因为我们只有买一点青菜的钱。回途上,遇到了一位从前的邻居太太。邻居太太拉着母亲的手大惊小怪:

"哟,你的儿子长了好多了,上中学了?"她问。

"今年刚刚考上初中,省立初中。"母亲微笑着回答。

"啊!好聪明的儿子,还会替你拿篮子!你真幸福!"

母亲没有回答,但母亲笑了,笑得很开心。我从未看过母亲笑得如此开心。我觉得母亲可能在那一刹那,是真正幸福的。我突然觉得,我和母亲都在一个很遥远很遥远的地方。

那地方我们从未去过。

六、智慧的美丽
LIU ZHIHUI DE MEILI

等你开启的门 / 孙　也
玛莎后来怎样了 / V.奥尔森
苏姗的秘密 / 佚　名
小羊的名片 / 紫　纯
鸟儿的爱的语言 / 城市孤烟
智慧的美丽 / 虹　莲
压力的馈赠 / 流　沙
魔术师的铁钉 / 毕淑敏
沙漠之树 / 李雪峰

等你开启的门

【孙 也】

有一幢房子，位于一个小岛上的一个角落里。房子的主人原是一位智者，可后来却不见了。房子的门从来没有锁，房子却从未有人进入，也未有人出来过。它就这么静静地在那儿等待着……

在一个风雨交加的夜晚，一只猫的身影出现在了这个房子的面前。它又累又冷，而且还犯着迷糊，也许它真的是病了，它太需要这幢房子为它挡避风雨了……

当早晨第一束阳光射向大地，到处都弥漫着紫罗兰的芬芳时，唯有猫嗅不到这种香味，尽管它的嗅觉相当灵敏。房子已经将它与外面的一切隔绝开了。但酣梦中的猫，并没有发现这可怕的事实。

当午后最后一束阳光被乌云遮住的时候，它睁开惺忪的睡眼，懒懒地打了几个哈欠，拱起身子伸了个懒腰。

然后猫开始审视这个栖息之地。它发现这个房子设计得很奇特，很多的东西都和平常人家摆放得不一样。比如说相框，并不是挂在墙上的，而是挂在天花板上。一张单人床也不是放在地上的，它被架在了空中。最奇怪的是写字台，它镶在高高的墙上，若要写东西，就需顺着一条藤蔓似的吊梯爬上去。猫打心眼里厌恶这些设计。它们都太不规范了，真是不正常。它想房子的主人一定是一个不正常的人。

猫开始厌恶起这幢房子，自然就有了要走的意思。它懒懒地挪动着步子，向门那儿走去。猫仰起头，发现大门上并没有锁，

六、智慧的美丽

心里很是高兴，这样更便于它离开这该死的房子。

它靠在门上，用身体往外一靠。咦？怎么门没有开？它以为是自己用力太小。它再用力一推，门还是纹丝不动。猫急了，连推数次，门依然不开。最后，它用力向门上一撞，只觉得眼冒金星，晕倒在地。

在这种晕眩状态下，猫做了一个梦，梦很离奇：它在一条小径上追赶一只老鼠，开始还是猫追老鼠，可是跑到小径的一半时，老鼠突然转过身来，凶猛无比地蹿上来，一口咬掉了猫的鼻子。猫一声尖叫，从噩梦中惊醒，这已是第二天了。它吸吸鼻子，嗅到了灰尘的气味，这说明它还有鼻子。它踱到门边，又无可奈何地回到原处，猫永远也不会知道它是怎么进入房子的，是怎样穿越那扇门的，因为那时它正犯着迷糊。

猫虽不能从大门出来，可它并不着急，因为它相信它可以像岛上大多数猫那样，从窗户等其他小地方钻出去。在恐惧与晕眩之后，它又很正常地受到了饥饿的威胁。它毕竟已有一天一夜没吃东西了。它又踱到了厨房，厨房很明亮。它爱厨房，因为大多数厨房可以满足它的物质需求。可这一次它失望了，橱柜里除了有几袋抽成真空的存放已久的干菜外，什么也没有了。猫是不吃植物的。它从出生到现在，从未吃过什么菜。所以，它也认为猫吃菜是极不正常的，根本不合乎规律。因此就愤愤地离开了厨房。

猫回到了客厅，"扑"地趴在了地上，一动不动。它第一次感受到了恐惧的力量是如此之大。它的肉体和灵魂都在受到饥饿恐惧与精神恐惧的巨大折磨。这一晚前半夜，猫都在寻找其他的出路。结果是徒劳的。这幢房子没有窗子，唯一的出路就是那扇撞不开的门。后半夜，猫从噩梦中惊醒，它不敢再闭眼，直到天明。

到了第四天，猫已因为撞门而留下了数不清的伤痕。猫在这寂静无声的房子里已经听到无数来自地狱的笑声。猫听着这些并不存在的笑声，看着那些不正常的摆设，已经快要崩溃了。

事态到了第四天的下午，才有了些转机。当猫正在看着天花

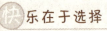

板发愣时，门口出现了两个人的对话声。猫听得真切，这绝不是什么地狱的笑声。它激动不已，"嗖"的一下蹿了过去。它衷心希望那两人能打开这扇该死的门。"嘿。这房子真大啊!又这么安静，肯定没有人在家吧。"一个人对另一个人说。另一个人说："咦，你看这房子没锁!这回可是笔大买卖啊!这么好的机会，不大干一场更待何时。""哈哈……"又是一阵邪恶的笑声。猫身上打了一颤，现在它对笑声有点敏感，从他们的对话中，猫知道了他们是两个小偷。

一个小偷走到门前，像开大多数岛上居民的门一样，用力地一拉，可门却连个小缝也没开。他不敢相信，再用双手使劲地一拉，门仍旧不动。小偷急了，这一回是他们两个上阵了，他们都搞不懂这是怎么回事，真见鬼了。他们俩紧张得手心手背都是汗，这将是他们的最后一次尝试。门后的猫也紧张地来回不停地踱步，这毕竟关系着它的生命。

但小偷的最后一次尝试也以失败而告终了。他们不得不放弃这所没有窗子的房子。他们真的是无可奈何，真的是一辈子也想不通。他们失望地离开了这幢奇怪的房子。猫听着他们远去的脚步声，第一次哭着叫出了声，然后趴在地上一动不动。从那时起，猫开始害怕黑夜了，没有了平日里那些可恶的老鼠，它反而觉得寂寞了。黑夜中的房子，寂静得让它毛骨悚然，那些笑声又渐渐地回荡在房子中。猫就这样在濒临崩溃的边缘挣扎到了凌晨。

凌晨时分，猫的精神终于彻底崩溃了，它不再感到饥饿了。它看着那扇打不开的门，用尽了全身的力气，一头撞向了那扇门……很自然的结果，猫死了，也许它觉得这种死法很伟大，为了争取自由不惜奉献生命。可悲的是门依旧紧闭着。

一个月后，岛上刮起了台风，凶猛的台风从外面推开了那幢房子的门，脆弱的门被吹得"咣啷"作响。台风卷起了已死去的猫，它腐烂的尸体散发的恶臭又刮向了远方……

也许小偷、猫，还有岛上的居民永远也不会知道，那幢房子

六、智慧的美丽

的门在门外只要一推就可以进入，在里面一拉就可以出去，而里推外拉，就永远别想出去，永远别想进来。他们不知道，那是因为岛上的居民们的门都是里推外拉的，他们的思维已经形成了定式，一种难以改变的思维定式。现实社会中的人们，他们又何尝不是如此呢？思索思索吧，但请别用你们的定式。

那幢房子的门从没有锁，房子却从未有人进入，也未有人出来过。它就这么静静地在那儿等待着……等待那个在奔跑中丢掉思维定式的孩子来开启它。

在任何一个成功的后面都有着十五年到二十年的生活经验，都有着丰富的生活经验，要是没有这些经验，任何才思敏捷恐怕也不会有，而且在这里，恐怕任何天才也都无济于事。

——巴甫连柯

玛莎后来怎样了

【V.奥尔森】

每逢我妹妹海伦和我在一起,我们常常会怀想我们小时候是多么顽皮不听话。她说我总是戴着绒帽去吃早点,使妈无法替我梳头。我说她有一次赤脚跑过邻居牲口棚刚铺上三合土的地基,搅得乱七八糟。

"我们真是难教育,但是我们结果都很好。"妹妹说。妹妹是个护士,我是个教师。不错,我们结果都很好。但是我知道有一些孩子也许就不那么幸运了。

他们是一班八个过分活跃的、所谓情绪失调的儿童,我在一家儿童院教他们美工课。我很难使他们安心坐在椅子上做完他们的功课。但是假如我答应告诉他们一个特别的秘密,他们就会安静下来。他们一向都对我的童年很感兴趣,所以我就虚构了玛莎,玛莎的行为正好就是他们的影子。

"老师说话的时候玛莎又嚷又笑……爬到美工室的桌子下面……总是不听话。她同我一个班。可是她不及格,因为她品行不好,什么也不肯学。"

看着他们脸上严肃的表情,我知道我说的话抓住要领了。他们认为玛莎在学校这样胡闹是很愚蠢的事。我强调了在学校品行良好对于一生的进展十分重要。"玛莎后来怎样了?"杰弗雷问道,"她有没有坐牢?"

我本来打算说玛莎下场并不好。在学校读书不成,找不到工作。她享受不到好生活,生活也没有什么乐趣。她变得无可救药,没有朋友,十分悲惨。

后来我有了个主意,最好让他们以自己的选择去推想玛莎的

六、智慧的美丽

下场,而从其间得到教训。"你们先说说你们想象她后来变得怎样了,然后我才告诉你们真实情况。"

米歇尔第一个举手。"她长大后变得美丽可爱,大家都喜欢她。"

杰弗雷摇摇头。"不。她大概每年都不及格,长大了以后进了监牢。然后她不想再这么蠢,就开始学一些东西,好找份工作。"

"我看她没有坐牢,"斯可特说,"我看他们把她送进一家特别学校,使她学好品行,能做功课。"

"我想不会吧,"杰弗雷迷惘地说,"她很蠢,她在特别学校可能还是老样子。我看她大概是进了监牢。"

"告诉我们,"他们都说,"后来她怎样了?"

这就使我左右为难了。他们打破了我预备讲的理论,就是生活上的成功有赖于早年的学业成就。可是从他们对玛莎的讨论中,我得到了对每一个教师和父母都极有价值的教训:每一个孩子所想得到的和需要的,不是失败的预料,而是希望。

"你们都差的不远,"我说,"玛莎进了一所特别学校,她品行改好了,回了家,在学校很用功,毕业后找到一份好工作。她长大了以后很美丽,大家都喜欢她。"

"我不相信,"杰弗雷反驳说,"她不会变得那么好!"

杰弗雷是唯一有怀疑的人。他是个满怀狐疑的小孩,因为一生别人都在欺骗他。破裂的家庭、贫穷、被人遗弃,种种不如意的事都留下了伤痕。

那天是星期五。到了星期六,妹妹海伦来看我。我要去儿童院布置当天晚上情人节晚会的装饰,我叫她也去。孩子们在食堂里踩滚轴溜冰。我注意到杰弗雷在向后溜,两手交叉放在胸前。他卖弄技巧地转弯和扭身。

"那孩子真行!"海伦说。我们走的时候向杰弗雷笑着挥手。

想不到板着脸的杰弗雷也咧嘴一笑。他高兴地也向我们招手。

星期一那天,他冲进课堂。"我看见她了!"他高声说。

快乐在于选择

KUAILE ZAIYU XUANZE

"谁呀?"我问。

"玛莎!星期六那天她不是跟你在一起吗?"

"你怎么认出来的,杰弗雷?"我问。

"唔,你不是说变得很好了吗?"

后来我告诉我妹妹杰弗雷的事,以及她在玛莎的故事中所扮演的角色。她笑了起来,叫我告诉他,说她很高兴看到他溜冰。

我把这样赞美的话告诉了杰弗雷,他很开心。那个星期以后的几天,他都努力地上课,把一个空的醋瓶涂上胶,铺上一片片的颜色石块,改成了一个花瓶。

这个花瓶做得不错。他做完以后,放到我桌上。"把这个给玛莎。告诉她是我送的。"

> 无论哪一行,都需要职业的技能。天才总应该伴随着那种导向一个目标的、有头脑的、不间断的练习,没有这一点,甚至连最幸运的才能,也会无影无踪地消失。
>
> ——德拉克罗瓦

六、智慧的美丽

 # 苏姗的秘密

【佚 名】

"哇,万岁!"苏姗说,"我做完作业喽。我现在要画我的楼梯喽。"

"什么?"她的父亲说,"我们没有必要画这座房子里的楼梯。"

苏姗笑了起来。"噢,爸爸!我不是画真正的楼梯,"她说,"我是要画一张楼梯画。明天要参加学校的比赛。每个人都可以参加比赛。画个楼梯就行了。"

"你需要什么帮助吗?"库珀先生问,"快到上床睡觉的时间了。"

"我抓紧时间。"苏姗说。她拿来颜料:"我不知道用什么颜色。"

"噢,我们的楼梯是棕色的。"她的父亲说。

"谢谢,爸爸。"苏姗说。她转身画了起来。

片刻后,库珀先生打开她的画纸。

"给,爸爸,看我的画,已经画完了。"苏姗说。

"很好,苏姗!每一个台阶我都能看见,你甚至还可能得奖呢。现在把你的东西放好,准备睡觉吧。"

苏姗拿起画笔。画笔仍然黏糊糊的。随后,事情就发生了。她将画笔掉了下来,刚好落在那张画上!在她的画中央沾上了一块棕色颜料!

"噢,爸爸!我怎么办呢?"苏姗哭道,"我的画给毁了。而且天太晚画不了另一幅了。"

"让我看看,"她的父亲说,"颜料块看上去就像狗身上的斑

快乐在于选择
KUAILE ZAIYU XUANZE

点,你所要做的就是在那斑点上画一条狗!"

"这主意真棒!"苏姗大声说道。

她在那块棕色颜料四周画了一只狗。现在她画的不仅仅是楼梯画了。在其中一个台阶上卧着一条花斑狗!苏姗露出了笑容。

"瞧,"苏姗的父亲说,"那看上去真不错。你知道,苏姗,没有几件事会像它们开始时那样糟糕的。加一点想象,你就可以把坏事变成好事。现在上床睡觉吧!"

第二天,苏姗早早地就去了学校。所有的孩子们都在谈论着比赛的事儿。比赛什么时候开始呀?

最后,皮特斯先生说:"比赛时间到了,孩子们。我挑选了三幅画。你们从中挑选一幅,那幅画就算获奖!"

皮特斯先生举起其中一幅画。孩子们都看着那些楼梯。楼梯又平又直,是黄色的。但这些黄色楼梯被画在了白纸上,显得不很好看。

第二幅画是画在黑纸上。楼梯是红色的。画非常明亮。

随后,皮特斯先生展出了第三幅画。那是苏姗的!

苏姗坐在那里,一动不动。别人会怎么说呢?

"楼梯很直。"乔说。

"是的,而且棕色颜料在白纸上显得很漂亮。"露西说。

"还有那条小狗,"泰瑞说,"它好像就在那里一样。"

"是的,"其中一个孩子说,"我们投票吧!我们投票吧!"

孩子们都投了票,苏姗的画获奖了。皮特斯先生将苏姗叫到了教室前面。他将奖品亲手递给了她,是一套颜料。

"苏姗的主意很不错。"皮特斯先生说,"小狗成就了一幅好画。它使楼梯显得非常真实。"

苏姗露出了微笑。她不会泄露自己的秘密。但她迫不及待地想把这个消息告诉父亲。加一点想象,你就可以把坏事变成好事。

六、智慧的美丽

小羊的名片

【紫 纯】

小羊那天的确去了小溪边,也的确遇到了狼。狼正饿得慌,于是想吃这只羊。不过这狼的智商不高,因此就显得比较仁慈,不像其他狼那样干脆利落,总觉得吃小羊之前要制造一些借口:

"你是个坏东西,"他指着小羊说,"你弄脏了我要喝的水。"

小羊眼珠一转,指出狼的第一个逻辑错误:"亲爱的狼先生,我怎么会弄脏您喝的水呢?您在上游,我在下游呀!"

狼没有回过神来,但觉得自己肯定错了。因为他在狼群里总是认错。于是,他开始制造第二个借口:

"反正你是坏东西,你去年在背后骂我。"

小羊以胜利者的姿态哈哈地笑了几声,指出狼的第二个逻辑错误:

"亲爱的狼先生,去年我还没出生呢!所以去年我不会在背后骂你。"

再蠢的狼这时也有些恼羞成怒,加之饥肠辘辘,就露出了凶相,准备弱肉强食。

小羊看出了端倪,跳上一块长着青苔的岩石,摆了一个演讲姿势,对狼说,"亲爱的狼先生你要吃我,我是没有意见的,只怕我的叔公不同意呀!"

"你的叔公是谁?"

"白额狼王呀!"

狼没料到小家伙居然会提到自己的老板,心里有些发憷,眼里的凶光也收敛了许多。小羊的叔公只可能是老羊,这是简单的道理,但这只狼逻辑混乱,全无推理,听不出其中的破绽。

快乐在于选择
KUAILE ZAIYU XUANZE

　　小羊不失时机地摸出一片腌过的法国梧桐叶，递给狼——原来是白额狼王的名片，上面密密麻麻地印着35行字，净是各类动物协会的名誉理事头衔，关键的一点是：住宅电话是手写的，这说明了小羊的确与自己的老板有非同寻常的关系。其实这些名片是羊们统一腌制的，带在身上以防不测，小羊是第一次使用，不想就唬住了这头弱智狼。

　　"狼先生，"小羊得意地说，"前天我还在叔公那里参加过鸡尾酒会，怎么没见到你呀！你大概还没解决'中级猛狼'的职称问题吧？"

　　狼神情耷然，继而伤心不已：非但职称问题没有解决，就因为自己没有学历，又无一技之长，生性又有些懒惰，一周前已被老板安排下岗，在树林里饿着肚子逡巡了几日，哪里还知道举行过什么鸡尾酒会。

　　这时，小羊来了句洋文："Can I help you?"

　　狼听不懂，但看懂了小羊殷切的神情，他心里一暖，脱口而出："羊大哥，别别别！您千万别客气，我是看着个大，其实年龄小着呢！羊大哥，您看，我俩是朋友，对不对？我呢，前几天和您叔公发生了一点不愉快，被他老人家挂了起来。羊大哥能不能帮我美言几句呢？求求您了！"组织这几句话，蠢狼绞尽了脑汁，因此头有些发昏。

　　"没问题，没问题，谁叫我们是朋友呢？这样吧，我给你写个条子，你拿去见我叔公，就什么事都没有了。"小羊一边说，一边又摸出一片空白的腌梧桐叶，在上面沙沙地写了几行字：

亲爱的叔公：
请一定解决这位狼先生的工作问题。
　　　　　　　　　　　　　您亲爱的：咩咩

　　狼欢天喜地接过这张字条，乐颠颠地跑了。小羊一阵发虚后，撒开四蹄，去找自己善良的种群。

六、智慧的美丽

鸟儿的爱的语言

【城市孤烟】

在荷兰的一个城市，有一个放养着许多鸽子的广场。开始的时候，每天都有一定数量的鸽子减少。这里的鸽子都是训练有素的鸽子，应该不会有迷路失踪的情况，肯定是有人蓄意顺手牵"鸽"了。针对这种现象，有人主张不再放养鸽子，也有人主张用罚款的方式来解决问题，争议的结果是有了一块告示碑，上面镌刻着：

亲爱的朋友，我是新近搬来的住户——鸽子，我在这里漫步、啄食，也在这里飞翔，广场是我美丽的家。这里有我慈祥的母亲，有我亲爱的兄弟姐妹，我爱他们，我要留在这里与他们相依相伴！

真奇怪，广场上从此再也没有鸽子离奇失踪的事情发生了。

无独有偶，日本古都奈良是一个久负盛名的旅游城市，因为生态环境好，每年春天聚集到这里的燕子特别多，它们随意留下的粪便给游客们带来不少的难堪。经常有游客因客房窗户上、走廊里面以及栏杆扶手上斑斑点点的燕子粪迹，跟服务员闹些不愉快。后来有人以燕子的名义给游客们写了封信：

女士们、先生们：我们是刚从南方赶来这儿过春天的燕子，没有征得主人的同意，就在这儿安了家，还要生儿育女。我们的小宝贝很不懂事，我们也有不好的习惯，常常弄脏你们的玻璃窗和走廊，给你们增添了不少麻烦，我们很过意不去，请你们多原谅。你们千万不要埋怨服务员小姐，她们是经常打扫的，只是擦不胜擦，这完全是我们的过错，请你们稍等片刻，她们很快就到。

这封信被制成精美的卡片，竖在宾馆服务台上，摆放在客房里的显眼处。这是燕子的歉意，更是当地人对慕名而来的游客们

发自内心的抱歉。许多原本心里窝着不快的游客，在看了这封满纸温馨的信函后，不禁释怀一笑，甚至很多游客特意购买这种卡片，带回去送人。

不由我们不信，在我们平凡的生活里，温馨与爱，从来都有着想象不到的效果。

聪明的资质、内在的干劲、勤奋的工作态度和坚韧不拔的精神。这些都是科学研究成功所需的其他条件。

——贝弗里奇

六、智慧的美丽

智慧的美丽

【虹 莲】

那天晚上看王小丫主持的《开心辞典》，我流了泪。

这不是一个煽情的节目，因为有一种真实和聪明在里面，还有那份期待和紧张。

是那个人感动了我。他的家庭梦想都是为别人，几乎没有自己一件东西。他有个妹妹在加拿大，妹妹有电脑没有打印机，于是他想得到一台打印机给远在加拿大的妹妹。王小丫问，那你怎么给妹妹送去？他说，我再要两张去加拿大的往返机票啊，让我的父母去送，他们想女儿了。听到这，我就有些感动，作为儿子，他是孝顺的；作为兄长，他是体贴的。

主持人也很感动，她问，那你为什么还要一台电脑给你父母？他说，因为父母很想念在万里之外的妹妹，所以，他要给他们一台电脑，让他们把邮件发给她，也让妹妹把思念寄回家。

这就是他的家庭梦想，几乎全为了家人。主持人问，有把握吗？他笑着，当然。因为要答12道题，而每一道题都机关重重，要达到顶点谈何容易？答到第6题时他显得很茫然，这时他使用了第一条热线，让现场观众帮助他。结果他幸运地通过了。但他很平静，甚至有些沮丧，主持人很奇怪，因为要是别的选手早就欢呼雀跃了，为什么他这样平静？他答，他觉得很不好意思，为什么那么多人都会这道题而他不会。

答题依然在继续，悬念也越来越大了，人们也越来越紧张。到最后一题时，我手心里的汗几乎都出来了，好像我是那个盼着得到一台打印机、两张往返加拿大机票和一台电脑的人。仅仅为了他的孝顺和对妹妹的宠爱，也应该让他答对吧。

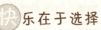

最后一题出来了,是六选一,而且是有关水资源的。

他静静地看着这道题,好久没有说话,他的父母也坐在台下,紧张地看着他,而主持人也好像恨不得生出特异功能把答案告诉他一样。

这时他使用了最后一条求助热线,把电话打给了远在加拿大的妹妹。

电话接通了,他却久久不说话,对面的妹妹着急了,哥,快说呀,要不来不及了。因为只有30秒时间。

王小丫也着急了,快说吧,不要浪费时间了,这是你最后的机会了!

他沉默了一会儿,说了:妹妹,你想念咱爸咱妈吗?妹妹说,当然想。坐在电视机前的我着急了,天啊,这是什么时候了,怎么还慢慢悠悠的,难道他要放弃自己最后的冲刺吗?我几乎都要生气了,怎么有这样冷静的人啊?怎么还说这些没边没沿的话?

他又说了:"那让咱爸妈去看你好吗?"妹妹说:"那太好了,真的吗?"他点头,很自信地:"是的,你的愿望马上就能实现了。"然后时间到,电话断了。

天啊,我一下子明白了,这道题他根本就会,答案早就胸有成竹!他只是想给妹妹打个电话,只是想把成功的喜悦让妹妹早点分享!

我的眼泪一下流了出来,为他的智慧,为他超乎常人的冷静和机智。

果然他轻轻地说出了答案,我看出了王小丫的感动和难言,王小丫说,从来没有见过像你这样的选手。

是的,从来没有,像他一样的冷静和智慧,在最后关头,在久久的沉默之后,给大家带来了满怀的喜悦。而坐在台下的父母,眼角也悄悄地湿了。

我从来以为只有"情"是美丽的,比如爱情、亲情、朋友之情,从来没有想到,智慧也会如此美丽,它让我们慢慢麻木的心灵,在这个美好而机智的晚上,轻舞飞扬。

六、智慧的美丽

压力的馈赠

【流 沙】

一位出生在普通人家的年轻人十分喜欢文学,但他在30岁之前从来没写过令他满意的作品。

他的亲人希望他能经商,这样生活可以因此更富足些,但是他却希望能够写作。他最大的希望就是有人能提供他一年生活费用,让他能够安稳地写作。

但残酷的生活让他不得不走上经商的道路,他先后办了不少厂子,但没有一家能够成功;他也曾和出版商合作,经营书籍,但也失败了;他又办了铸字厂和印刷厂,但厄运连连,这两家厂先后倒闭,而且欠下的巨额债务足以让他还30年。

没有钱的他不得不走上卖字求生和还债的道路。一年之内,他发疯似的写下了3部小说,但那些书反响平平,销售也不理想,而且因为版权得不到保护,即使小说写成,也不足以解决生计问题。他改做记者,为多家日报撰稿,他每天写大量的文字,换来一些微薄的稿酬。

债主天天上门逼债,他绝望过,也想过放弃。但他十分崇拜白手起家、意志坚强的拿破仑,他把拿破仑的画像放到书桌前,鼓励自己必须坚持下去。

他开始写作小说。他一天睡四五个小时,喝大量咖啡,每天晚上8点上床,午夜起来写作,直到早晨8时。为了让自己的文字尽快变成金钱偿还债务,每天早餐之后,他就把手稿送到印刷厂。因为创作时间仓促,文章上经常有错字和文理不通的部分,他只好对校样改了又改,而且他不是只改动几个标点,而是大段大段地重写。一本名叫《老处女》的小说,他一连改了9次,最

快乐在于选择
KUAILE ZAIYU XUANZE

后让排字工人十分厌烦,他们甚至抗议以后不再排他的文字。

他在30岁之后的生活几乎全是为债务而发疯似的写作。在后来的20年内,他创作了100多部小说,其中的《人间喜剧》、《高老头》等数十篇小说成为传世之作。在他逝世的前两年,他还在修改20多年前的手稿。

他就是法国著名的作家巴尔扎克。巴尔扎克能从一个平庸作家成为著名作家,动力竟来源于那些巨额债务。为挣钱还债,他写作写作再写作。

很难想象一个伟大的作家的创作动机竟是这样的,但巴尔扎克的故事却让我们明白,压力是成功的催化剂,它可以催生许多奇迹。

> 天生的能力必须借助于系统的知识。直觉能做的事很多,但是做不了一切。只有天才和科学结了婚才能得最好的结果。
> ——斯宾塞

六、智慧的美丽

魔术师的铁钉

【毕淑敏】

有一位非常有名的魔术师,当记者问起他成功的秘诀时,他带着记者,来到他平日演出的剧场门口。记者以为他会走进富丽堂皇的大门,没想到他领着记者来到了马路对面的一个下水道口。

你躺在这里,试试你能看到些什么?魔术师很和气地说。记者屈身躺在地上,他闻到了下水道发出的恶臭,他看到了香喷喷的饭店和华美的商场,还看到无数的人腿在向着剧场走动,另外,有一截儿突出的窗台……他边看边报告着。魔术师说,很好,你看得很全面。只是,在窗台的水泥上,请你看得再仔细一点儿,你还可以有所发现。

在魔术师的一再提示下,记者看到了窗台的下方,有一行模糊的字迹。他拼命瞪大眼睛,才辨识出那是魔术师的名字。

魔术师说,很多年前,我是一个乡下来的孩子。冬天,我蜷着身子躺在这里。你知道下水道口尽管恶臭,但比较暖和,从来不会结冰的。我看到了食品和衣物,但我身无分文。我还看到了无数的人到对面的剧场看演出。我萌生了一个梦想,有一天,我也要到这座辉煌的剧院里去,不是去看演出,是让别人去看我的演出。这样想了之后,我就从地上捡起一根铁钉,用冻僵的手指,把自己的名字刻在水泥窗台上了……你问我为什么会走上成功之路,就这么简单。我用一根生锈的铁钉,把我的梦想刻在这里,每当我没有信心的时候,我就来到这里。当我离开的时候,勇气重新"又"灌满了胸膛。

快乐在于选择

分手的时候，记者对魔术师说，能否让我看看您那神奇的铁钉？魔术师说，可以。说完，他随手从地上捡起一根铁钉，说，喏，就是它了。铁钉并不重要，重要的是亲手刻下你的名字。

人们在那里高谈阔论着天气和灵感之类的东西，而我却像首饰匠打金锁链那样精心地劳动着，把一个个小环非常合适地连接起来。

——海涅

六、智慧的美丽

沙漠之树

【李雪峰】

有两个人，都在一片荒漠上种了一片胡杨树苗。苗子成活后，其中一个人每隔三天，都要挑起水桶到荒漠中来，一棵一棵地给树苗浇水。不管是烈日炎炎，还是飞沙走石，那人都会雷打不动地挑来一桶桶的水——浇他的那些树苗。有时刚刚下过雨，他也会来，锦上添花地给他的那些树苗再浇一瓢。老人说，沙漠里的水漏得快，别看这么三天浇一次，根其实没吮吸到多少水，都从厚厚的沙层中漏掉了。

而另一个人呢，就悠闲得多了。树苗栽下去的时候，他来浇过几次水，等到那些树苗成活后，他就来得很少了。即使来了，也不过是到他栽的那片幼林中去看看，发现有被风吹倒的树苗就顺手扶一把，没事儿的时候，他就在那片树苗中背着手悠闲地走走，不浇一点儿水，也不培一把土。人们都说，这人栽下的那片树，肯定成不了林。

过了两年，两片胡杨树苗都长得有茶杯粗了。忽然有一夜，风从大漠深处卷着一柱柱的沙尘飞来，飞沙走石，电闪雷鸣，狂风卷着滂沱大雨肆虐了一夜。第二天风停的时候，人们到那两片幼林里一看，不禁十分惊讶：原来辛勤浇水的那个人的树几乎全被暴风刮倒了，摔折的树枝，倒地的树干，被拔出的一蓬蓬黝黑的根须，惨不忍睹。而那个悠闲不怎么浇水的人的林子，除了一些被风撕掉的树叶和一些被折断的树枝外，几乎没有一棵被风吹倒或者吹歪的。

大家都大惑不解。

那人微微一笑说："他的树这么容易就被风暴给毁了，就是

133

快乐在于选择

因为他给树浇水浇得太勤，施肥施得太勤了。"

人们更迷惑不解了，难道辛勤为树施肥浇水是个错误吗？

那人顿了顿叹了口气说："其实树跟人是一样的，对它太殷勤了，就培养了它的惰性，你经常给它浇水施肥，它的根就不往泥土深处扎，只在地表浅处盘来盘去。根扎得那么浅，怎么能经得起风雨呢？如果像我这样，把它们栽活后，就不再去怎么理睬它，地表没有水和肥料供它们吮吸，逼得它们不得不拼命向下扎根，恨不得把自己的根穿过沙土层，一直扎进地底下的泉源中去，有这么深的根，我何愁这些树不枝叶繁茂，何愁这些树会轻易被暴风刮倒呢？"

别给生命以适合的温床，生命的温床上只能诞生生命的灾难。要想使你的生命之树能根深叶茂顶天立地，就不能给它太足的水分和肥料，逼迫它奋力向下自己扎根。

不管是一棵草，一棵树，怎样的条件就会造成怎样的命运。

> 他有着天才的火花！你知道这是什么意思？那就是勇敢、开阔的思想，远大的眼光……他种下一棵树，他就已经看见了千百年的结果，已经憧憬到人类的幸福。这种人是少有的，要爱就爱这种人。
>
> ——契诃夫

七、有趣的科学

QI YOUQU DE KEXUE

宽容 / 房　龙
填掉滇池 / 林　易
科学之心 / 埃里克·纽特
捍卫真理的科学家 / 王　滨
人造卫星"回家" / 闻　婕
地球的冰库 / 金　涛
外星人的海底发射场 / 李察森

快乐在于选择

KUAILE ZAIYU XUANZE

宽 容

【房 龙】

在宁静的无知山谷里,人们过着幸福的生活。

永恒的山脉向东西南北各个方向蜿蜒绵亘。

知识的小溪沿着深邃破败的溪谷缓缓地流着。

它发源于昔日的荒山。

它消失在未来的沼泽。

这条小溪并不像江河那样波澜滚滚,但对于需求浅薄的村民来说,已经绰有余裕。

晚上,村民们饮毕牲口,灌满木桶,便心满意足地坐下来,尽享天伦之乐。

守旧的老人们被搀扶出来,他们在荫凉角落里度过了整个白天,对着一本神秘莫测的古书苦思冥想。

他们向儿孙们叨唠着古怪的字眼,可是孩子们却惦记着玩耍从远方捎来的漂亮石子。

这些字眼的含意往往模糊不清。

不过,它们是一千年前由一个已不为人所知的部族写下的,因此神圣而不可亵渎。

在无知山谷里,古老的东西总是受到尊敬。

谁否认祖先的智慧,谁就会遭到正人君子的冷落。

所以,大家都和睦相处。

恐惧总是陪伴着人们。谁要是得不到园中果实中应得的份额,又该怎么办呢?

深夜,在小镇的狭窄街巷里,人们低声讲述着情节模糊的往事,讲述那些敢于提出问题的男男女女。

七、有趣的科学

这些男男女女后来走了,再也没有回来。
另一些人曾试图攀登挡住太阳的岩石高墙。
但他们陈尸石崖脚下,白骨累累。
日月流逝,年复一年。
在宁静的无知山谷里,人们过着幸福的生活。

外面是一片漆黑,一个人正在爬行。
他手上的指甲已经磨破。
他的脚上缠着破布,布上浸透着长途跋涉留下的鲜血。
他跌跌撞撞来到附近一间草房,敲了敲门。
接着他昏了过去。借着颤动的烛光,他被抬上一张吊床。
到了早晨,全村都已知道:"他回来了。"
邻居们站在他的周围,摇着头。他们明白,这样的结局是注定的。
对于敢于离开山脚的人,等待他的是屈服和失败。
在村子的一角,守旧老人们摇着头,低声倾吐着恶狠狠的词句。
他们并不是天性残忍,但律法毕竟是律法。他违背了守旧老人的意愿,犯了弥天大罪。
他的伤一旦治愈,就必须接受审判。
守旧老人本想宽大为怀。
他们没有忘记他母亲的那双奇异闪亮的眸子,也回忆起他父亲三十年前在沙漠里失踪的悲剧。
不过,律法毕竟是律法,必须遵守。
守旧老人是它的执行者。

守旧老人把漫游者抬到集市区,人们毕恭毕敬地站在周围,鸦雀无声。
漫游者由于饥渴,身体还很衰弱。老者让他坐下。
他拒绝了。

他们命令他闭嘴。

但他偏要说话。

他把脊背转向老者,两眼搜寻着不久以前还与他志同道合的人。

"听我说吧,"他恳求道,"听我说,大家都高兴起来吧!我刚从山的那边来。我的脚踏上了新鲜的土地,我的手感觉了其他民族的抚摸,我的眼睛看到了奇妙的景象。

"小时候,我的世界只是父亲的花园。

"早在创世的时候,花园东面、南面、西面和北面的疆界就定下来了。

"只要我问疆界那边藏着什么,大家就不住地摇头,一片嘘声。可我偏要刨根问底,于是他们把我带到这块岩石上,让我看那些敢于蔑视上帝的人的粼粼白骨。

"'骗人!上帝喜欢勇敢的人!'我喊道。于是,守旧老人走过来,对我读起他们的圣书。他们说,上帝的旨意已经决定了天上人间万物的命运。山谷是我们的,由我们掌管,野兽和花朵,果实和鱼虾,都是我们的,按我们的旨意行事。但山是上帝的。对山那边的事物我们应该一无所知,直到世界的末日。

"他们是在撒谎。他们欺骗了我,就像欺骗了你们一样。

"那边的山上有牧场,牧草同样是肥沃,男男女女有同样的血肉,城市是经过一千年能工巧匠细心雕琢的,光彩夺目。

"我已经找到一条通往更美好的家园的大道,我已经看到幸福生活的曙光。跟我来吧,我带领你们奔向那里。上帝的笑容不只是在这儿,也在其他地方。"

他停住了,人群里发出一声恐怖的吼叫。

"亵渎,这是对神圣的亵渎。"守旧老人叫喊着。"给他的罪行以应有的惩罚吧!他已经丧失理智,胆也嘲弄一千年前定下的律法。他死有余辜!"

人们举起了沉重的石块。

七、有趣的科学

人们杀死了这个漫游者。

人们把他的尸体扔到山崖脚下,借以警告敢于怀疑祖先智慧的人,杀一儆百。

没过多久,爆发了一场特大干旱。潺潺的知识小溪枯竭了,牲畜因干渴而死去,粮食在田野里枯萎,无知山谷里饥声遍野。

不过,守旧老人们并没有灰心。他们预言说,一切都会转危为安,至少那些最神圣的篇章是这样写的。

况且,他们已经很老了,只要一点食物就足够了。

冬天降临了。

村庄里空荡荡的,人稀烟少。

半数以上的人由于饥寒交迫已经离开人世。

活着的人把唯一希望寄托在山脉那边。

但是律法却说:"不行!"

律法必须遵守。

一天夜里,爆发了叛乱。

失望把勇气赋予那些由于恐惧而逆来顺受的人们。

守旧老人们无力地抗争着。

他们被推到一旁,嘴里还抱怨自己的命运不济,诅咒孩子们忘恩负义。不过,最后一辆马车驶出村子时,他们叫住了车夫,强迫他把他们带走。

这样,投奔陌生世界的旅程开始了。

离那个漫游者回来的时候,已经过了很多年,所以要找到他开辟的道路并非易事。

成千上万人死了,人们踏着他们的尸骨,才找到第一座用石子堆起的路标。

此后,旅程中的磨难少了一些。

快乐在于选择

那个细心的先驱者已经在丛林和无际的荒野乱石中用火烧出了一条宽敞大道。

它一步一步把人们引到新世界的绿色牧场。

大家相视无言。

"归根结底他是对了,"人们说道。"他对了,守旧老人错了……

"他讲的是实话,守旧老人撒了谎……

"他的尸首还在山崖下腐烂,可是守旧老人却坐在我们的车里,唱那些老掉牙的歌子。

"他救了我们,我们反倒杀死了他。"

"对这件事我们的确很内疚,不过,假如当我们知道的话,当然就……"

随后,人们解下马和牛的套具,把牛羊赶进牧场,建造起自己的房屋,规划自己的土地。从这以后很长时间,人们又过着幸福的生活。

几年以后,人们建起了一座新大厦,作为智慧老人的住宅,并准备把勇敢先驱者的遗骨埋在里面。

一支肃穆的队伍回到了早已荒无人烟的山谷。但是,山脚下空空如也,先驱者的尸首荡然无存。

一只饥饿的豺狗早已把尸首拖入自己的洞穴。

人们把一块小石头放在先驱者足迹的尽头(现在那已是一条大道),石头上刻着先驱者的名字,一个首先向未知世界的黑暗和恐怖挑战的人的名字,他把人们引向了新的自由。

石子还写明,它是由前来感恩朝礼的后代所建。

这样的事情发生在过去,也发生在现在,不过将来(我们希望)这样的事不再发生了。

七、有趣的科学

填掉滇池

【林 易】

一次小型的环保座谈会上,大家谈到了水,进而不可避免地讲到了滇池。一位坐在我身边的某高等学府研究水问题的博士研究生发言了。她说,既然现在的滇池已经又脏又臭了,干脆就把它填了算啦。

此言一出,在座众人顿时语塞。

并不是这位博士生的妙语惊人,而是她的想法,其无知和愚蠢的程度,与她的身份实在太不相配了。一位专业就是研究水问题的博士生,一位即将在这个领域中成为专业人员甚至是专家的人,尤其是,年纪轻轻的这样一位女孩子,居然能设计出如此大手笔。她真的以为,愚公精神到了现代,还只是简单地移山填海改造自然吗?

不久前,我认识了一个中学生。他从很小的时候就喜欢蛇。为了能亲近蛇,他就经常到野外抓蛇来养。我和他探讨这个问题的时候告诉他,如果你爱一个生命的话,应该是让他幸福,而不是把他囚禁起来。他回答我说,我不是简单地养着玩儿,我是要作研究。我问他作什么研究,他说,现在有那么多餐馆都卖蛇,我就是要研究怎么人工饲养蛇,好让更多的人能吃上蛇。

纳粹的科学家有一种神圣感,这种神圣感是一种绝对化了的优越:基于自己的优越和本职的绝对正确,他们完全无视自己是在参与着杀戮。

科学,如果不是关爱生命、关爱世界的,它就是对世界和生命的一种反动;科学家,如果不关注自己的研究结果是否合理,而仅仅关心研究本身的进展如何,那么,他和那些只管扣动扳机

快乐在于选择

而不问倒下者是谁的军人机器有什么区别呢?

一个孩子爱蛇养蛇,原本不必大惊小怪,更不必作一大篇联想。但是,让我感到不安的并不是他养蛇,而是他一面口口声声地说着他爱蛇,另一面又将他的这种"爱",准备烹饪了,盛进盘子与众人分享。我在此,当然无意鼓动众人干脆就此素食算了,我只是不安,是真的不安。一个孩子,爱一种动物,他真的舍得自己宠养的动物,被别人吃掉吗?我觉得如果是孩子的话,他原本是不舍得的,但是,为什么这个过程被注入了科学研究的意义,孩子就欣然接受了,甚至是热烈地投身其中呢?科学,在我们的世界里,为什么就可以畅通无阻,如此顺理成章地击败人心底天然的善良和爱,更进一步地培养了人的强大优越感呢?

我记得初中上生物课的时候,有一节内容是解剖兔子。被放在解剖台上的兔子,都是我们每天放学后到各处菜市场收集菜叶喂大的。到了假期,这些小兔子还要被分配到同学们家里去照顾。所有这些基于喜爱小动物才甘愿付出的努力啊,就是为了解剖课上冰冷的一刀吗?当我们亲手养大的小兔子,被麻醉了放在我们面前,谁都不敢对此提出任何异议,因为那样就意味着首先被老师批评,进而被同学耻笑。在我们一贯的教育里,只有对胆小的斥责,没有对善良的保护。不人道的血淋淋的场景被认为可以用来培养孩子的勇敢。但是,就在孩子们用手术刀打开兔子的胸腔,查看里面内容的时候,他们心里天然的善良也被一点点地掏了出来,所填充的,就是科学的至高无上的观念。所以,当一个孩子从最初朴素的爱蛇养蛇开始,想进而更有成就的时候,当一个专业研究人员的头脑中,出现的仅是一池污水的时候,他们的所作所想,就从逻辑上被赋予了合理而又神圣不可侵犯的意义。

一个小学生写的生物实验报告中讲道,他们的老师带着他们完成了一项课题,他们将自己亲手养育的蚕宝宝打开了,从里面把它们分泌蜕皮激素的器官切除了,这样,只能分泌保幼激素的蚕,就真的长期成了宝宝。它们长到了通常蚕的几倍大,还没有

七、有趣的科学

作茧自缚。于是，这项新颖又富有创意的实验在市里获得了相关奖项。孩子们当然是欢欣鼓舞。在这里，我终于看到了一个孩子如何从胆小成长为勇敢，又如何在不知不觉中失去了善良。

因为科学带给了人们利益，所以在利益的诱惑或胁迫下，善良就退化成了一种"不成熟"的品质。如果胆敢有人再以善良为"借口"反思科学的话，一种权威的声音就会大声地训斥道："反科学！反社会！"然而，该不该还有一种声音站出来说："莫要做反人性的事。"

真理虽然好，但不是在任何时候任何地方听上去都顺耳的。有人迷恋它，但也有人觉得它刺耳。

——谢德林

科学家并不是知之甚多的人，而是决心不放弃探求真理的人。

——卡尔·波普尔

科学之心

【埃里克·纽特】

战争与科学

1939年，第二次世界大战爆发。每次发生战争都会有新的武器出现，英国和美国的科学家很担心敌对的德国科学家会利用哈恩所发现的铀核分裂连锁反应，全力制造出原子弹。也难怪他们会如此忧心，当时德国的领导人是阿道夫·希特勒，为了实现征服世界的愿望，希特勒这种人会不惜使用原子弹。

物理学家爱因斯坦在希特勒于1933年掌握政权时，不得不离开德国流亡，因为他是犹太人，希特勒憎恨所有犹太人（据说遭残杀的犹太人多达600万人）。爱因斯坦写了一封信说明德国研发原子弹的危险性，直接寄给美国总统。

在这封信寄出之前，除了熟知世界尖端物理的学者，几乎没有人认为原子弹有制造出来的可能。不过，美国总统接受爱因斯坦的建议，下令组织研究团队，以抢在德国前面制造出原子弹。

全世界几百名顶尖的科学家聚拢而来，展开代号为"曼哈顿"的计划。要集结这么多优秀的头脑并不困难，这些人大部分是从希特勒和纳粹手中逃出，流亡到美国来的，所以比谁都害怕德国科学家先一步做出原子弹，使纳粹德国赢得战争。实际上德国也确实征召了许多优秀的科学家，积极进行原子弹的研发计划。威尔纳·海森堡就是其中之一。

"曼哈顿计划"在1942年展开，在新墨西哥州的洛斯阿拉摩斯市郊秘密进行。参加的科学家都担负着极为困难的任务，他们不仅要研发新型的炸弹，还要找出方法制造所需要的铀，因为在

七、有趣的科学

战前全世界的铀量极为稀少。依科学家的计算,制造一个原子弹需要好几吨铀。

1945年7月6日,洛斯阿拉摩斯市郊的沙漠地带举行世界上第一次原子弹试爆。这个实验能否成功,谁也不知道。原子弹的研发是根据量子力学的理论,如果理论正确就会爆炸。结果正如所料,实验成功了,而且威力相当惊人。历史上第一颗原子弹相当于两万吨炸药爆炸的能量,伴随着比太阳还耀眼的闪光,证明了以量子力学为基础的原子理论正确无误。

科学家的两难

这时纳粹德国已经在第二次世界大战中战败,希特勒也已身亡,参与制造原子弹的科学家原以为这个可怕的武器不会用在战争上了。他们错了,因为在这场战争中与德国联盟的日本还没有投降。1945年8月6日,日本广岛被投下第一颗原子弹,强光一闪就夺去了10万多名市民的性命,大部分街区化为焦土。三日后,第二颗原子弹在长崎落地,长崎市也被烧成荒原。

这两个都市没有任何的防备,因此参与"曼哈顿计划"的许多科学家都对投下原子弹的事震惊不已。可是,对日本投下原子弹的人并不是科学家,那毕竟是美国总统的决定,把原子弹送到轰炸目的地的也是美军的飞机。实际上整个"曼哈顿计划"是在军方的掌控下进行的,科学家只是听命于军方,而且也只有军人在使用科学家的发明。

可是,这样的事实并无法让许多参与制造原子弹的科学家感到安慰。物理学家罗伯特·奥本海默身为"曼哈顿计划"的领导人,就在日后为参与这个夺去几十万名无辜百姓生命的计划深感后悔。他认为科学家尤其要为这场战争负起责任,并贡献余生致力于消除核武器。

不过,并不是所有参加"曼哈顿计划"的科学家都有和奥本海默一样的想法,有些人在战后依然继续研制核子武器,只因为

快乐在于选择
KUAILE ZAIYU XUANZE

担心，美国没有足以吓阻别国的强力武器的话，就会遭到苏联的侵袭。苏联的科学家也有同样的想法，基于对美国的畏惧心，认为要保护国家就不能没有原子弹。核武器研发的竞争时代就这样展开了，美国和苏联都动用了庞大的国家预算，请科学家制造危险性更高的核武器。

这件事基本上就是不对的，不是吗？有人提出这么单纯的质疑，科学家怎么可以制造核子武器，这是绝对不应该的。科学家的目标是研究自然，揭露真理，绝不是去研制破坏自然的武器。

可是，现实世界纠缠着种种复杂的政治问题，为了阻止希特勒的侵略，科学家想制造强力武器的心情不难理解，互相畏惧的美国和苏联科学家在战后依然致力于核武器的研发，也是有原因的。

既然双方各有立场，就不能一口咬定哪一方才是对的，这种夹在中间不知如何是好的局面，也是一种"两难"。科学给予人类前所未有的力量掌控自然，同时也不断产生新的两难局面。我们对事物的看法或观感虽然因为追求真理而有了很大的进步，这一点虽然很有意义，但是现在已经到了稍一不慎就可能威胁到地球上所有生命的地步。

没有科学家，原子弹这种东西绝对不会出现，所以科学家对于自己的作为必须有非常审慎的思考。一旦新的发现被人拿来利用，发现的科学家也应该负起社会责任。目前已有专门处理这种科学困境的机关，凭借充分的讨论来解决问题。

科学不是为了个人荣誉，不是为了私利，而是为人类谋幸福。

——钱三强

七、有趣的科学

捍卫真理的科学家

【王 滨】

哥白尼与日心说

在欧洲中世纪的相当长时间里，教会和经院哲学曾利用当时的自然科学成果来解释《圣经》，比如他们用古希腊天文学家托勒密的地心说编造了许多荒谬的神话来解释宗教教义。他们说："是上帝有意把地球安排在宇宙的中心，上帝还让它的骄子即人类居住于这个地球中心，从而使人类也居于宇宙的中心位置，所以人在地球的世界有特殊的地位。"这些神父们用所谓的"科学"来论证宗教，来迷惑人心！

然而在事实面前，任何说教和假权威总是要原形毕露的。在15世纪末西方探险家相继发现美洲和环球航行之后，航海事业的进展极为迅速。为了在宽广无际的海洋上确定船只的位置和计算时间，需要更精确、更方便地确定和计算天体的方位，编写航海历书，这就促进了天文观测和天文学的研究。这时，欧洲出现了一位英名流芳百世的大科学家——哥白尼。

哥白尼是波兰人，在意大利学习法律、医学和神学，回到波兰后担任教士。天文学只是他的业余爱好，没想到这一爱好却导致了一场科学革命。哥白尼起初并不怀疑地心说，只是觉得托勒密学说过于复杂，使用起来不方便，经过一段时间对这一体系简化的尝试，他发现地心说难以与天文观测的事实相符。哥白尼在长期的观测中，愈来愈相信人的渺小，而且，地球也是无足轻重的。他开始看到，我们的地球也只不过是永恒地绕太阳的火焰飞旋的一粒微尘。

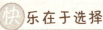

于是，相信事实的哥白尼经过认真的观测和反复的计算，并用观测的数据进行验证，终于创立了太阳中心说。这一学说认为太阳是宇宙的中心，地球是围绕着太阳旋转的一颗行星。除地球外，还有其他的行星，它们也围绕着太阳运行。

1543年5月，当伟大的著作《天体运行论》出版时，近代天文学的奠基人，已躺在病床上处于弥留之际的哥白尼，用颤抖的双手抚摸了一下书的封面就与世长辞了。

哥白尼的日心说发表后，宗教教会大为震惊，如果允许日心说存在，《圣经》就难以自圆其说，至少要承认上帝在创造宇宙体系时曾犯过设计上的错误。教会把太阳中心说说成是"异端邪说"，1616年罗马教皇宣布《天体运行论》为禁书，并对哥白尼学说的支持者进行残酷迫害。

伽利略说："可地球还在转呢！"

真正的科学家是相信真理的，同时他们也是真理的勇敢捍卫者。第一个出来捍卫哥白尼学说的，就是布鲁诺。他也曾是一名教士，但是修道院的生活并没有使他成为宗教神学的信仰者和护道者，相反，当他看到科学理论与宗教教义发生矛盾时，他选择了放弃教义。在国外，布鲁诺经常出席各大学的公开辩论会，到处写文章和发表讲演，宣传哥白尼的太阳中心说，揭穿那些听命于教会的大学教授的空泛无物的谬论。他的一系列举动触怒了教会，1592年，布鲁诺被捕入狱。宗教裁判所妄图以酷刑迫使布鲁诺放弃他的观点，但是布鲁诺毫不屈服，1600年2月，他被烧死在罗马的百花广场。

紧接着，又出现了一位对近代科学做出杰出贡献的意大利科学家——伽利略。伽利略不仅传播了哥白尼的学说，而且还积极地寻找证据，以新的观察事实为基础发展了日心说。1609年，伽利略制成了观察星体的天文望远镜，用这台简易的望远镜，他发现了许多新的观察事实，进一步打破了经院神学的教条，证明了

七、有趣的科学

哥白尼学说的正确性。按照经院哲学的教条，球状天体是绝对完美的，太阳毫无瑕疵。而伽利略则宣布，他发现了太阳并不完美，它上面有黑子；月球表面有山谷。按照旧的传统观念，宇宙间只能有一个环绕中心，但伽利略用事实断定：木星也是世界上的环绕中心之一，它有四个卫星，犹如一个小太阳系。

伽利略的一系列新发现和对哥白尼学说的支持，使日心说的影响扩大起来，反对新思想的顽固势力也变得更为强硬。于是经院哲学家们群起而攻之，宣称伽利略的观察和见解是没有根据的和错误的，而且触犯了亚里士多德们的权威。他们说太阳黑子可能是太阳表面和太阳附近的物质，也许是望远镜出了故障，而木星是不可能有卫星环绕的，因为古书上从来没有记载。于是他们向罗马宗教裁判所控告：伽利略是异端分子。

伽利略被传到罗马，宗教裁判所最后给他下了一道命令："今后你无论在讲课或写作中，不许再讲授哥白尼的学说，更不许把哥白尼学说说成是绝对事实。"伽利略没忘记布鲁诺的命运——由于他坚持自己的科学宣言，被烧死在火刑柱上。为了自身的安全，为了科学的稳步前进，他不得不委曲求全，暂时闭口。

伽利略回家以后，继续做他的实验，只是暂时不把发现的东西公之于世。但是，真理总是要被人们知道的。不久，伽利略又一部伟大著作问世了，他把书名定为《关于托勒密与哥白尼两大世界体系的对话》。尽管书中是假借三个编造人物的对话，但这一次又顶撞了正统的教条信仰。在收到罗马裁判所的传讯通知书时，伽利略已经病得很厉害了。但宗教裁判所是无情的："只要他能勉强成行，就把他抓起来，锁上铁链，押到罗马。"

宗教裁判所终于如愿以偿。1633年6月，伽利略被迫发誓，他与自己关于地球的信念一刀两断。但宗教裁判所还是不放心，判他终身监禁，这年，伽利略已经70高龄。当他的朋友搀扶着这位筋疲力尽的老人离开法庭时，伽利略不停地喃喃自语："可地球还在转呢！"

是的，地球还在转！真理是用事实说话的，它不相信任何权威。

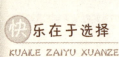

人造卫星"回家"

【闻 婕】

人造卫星要返回地面，得闯"五关"。

第一道关是角度关。先降低飞行速度，同时，严格控制好进入地球的再入角，使卫星的运行方向同地平线成一个2~5度的俯角。这个再入角必须控制得很精确，即使仅有0.1度的误差，也会使卫星着陆偏离预定点300公里而回收不成。

第二道关是高温关。这是回收人造卫星"五关"中最困难的一关。因为人造卫星在脱离运行轨道并进入大气层后，同空气摩擦相当剧烈，产生大量热能，这时卫星表面的温度会高达八九千度，目前还没有一种材料能经得起这样的高温而不被熔化掉。为了不让人造卫星被烧毁，科技人员常把卫星头部做成粗钝的形状，以降低卫星的下落速度；同时，还在卫星表面包裹一层"烧饰材料"，以保护人造卫星不被"烧"坏。

人造卫星下落时，信号机开始自动向地面发出一系列无线电信号，以便让有关人员根据信号测定它所在的方位和它与地球的距离。与此同时，人造卫星还发出强烈的闪光，以吸引地面人员注意。有些人造卫星在这时候会自动撒出数千根极细的金属丝，在空中形成一片金属丝云，好让地面雷达搜索发现其踪迹。这一道关，人们称为搜索关。

人造卫星通过了搜索关后，距地面一般只有一二十公里，它下滑的速度很快，达每秒200米，此时如果不及时采取措施，卫星着陆时势必会"粉身碎骨"。在这一关键时刻，人造卫星上的减速伞会自动打开——先是打开一顶小伞，而后再打开主伞，以保证卫星"软着陆"。这道关常称为开伞关。

七、有趣的科学

最后一道关是回收关了。人造卫星从2000公里以外的空间返回地球时,有的是掉进深山老林里,有的是掉进海里,有的是掉在坚硬的石头上。这就得靠地面人员把它们找回来。目前常用的办法是让人造卫星落在海里。因为卫星是密封式的,可以浮在海面上,不易遭到损坏。此外,人造卫星还带有染色剂,它掉入海中后会把周围的海水染成橘黄色,便于飞机搜索发现和船只打捞。

科学的真正的与合理的目的在于造福人类生活,用新的发明和财富丰富人类生活。

——培 根

技术给了人一种能力感:感觉人类远不像在以前的时代那么任凭环境的摆布了。

——罗 素

地球的冰库

【金 涛】

宇航员从太空发现，我们的地球在茫茫宇宙中是一颗蔚蓝色的行星，这是因为神奇的生命之水赋予地球最美丽的容貌。

可是，水在地球的两极却不堪忍受极地的奇寒，凝成了一片白色的冰层。但是，地球的北极只不过是被欧亚大陆和北美大陆包围的一片海洋——北冰洋，北极的冰层都是漂浮在海洋上的浮冰。它们任由太阳热力雕塑，任凭寒风驱赶，从而形成特殊的形状。

南极洲和北冰洋的情况不同，地球上6个大陆之一，这6个大陆是欧亚大陆、非洲大陆、北美大陆、南美大陆、澳洲大陆和南极大陆。南极大陆幅员辽阔，总面积约1400万平方公里，占地球陆地面积的1/10。

这些数字意味着什么呢？

南极大陆比澳洲大陆要大得多，大于中国与印度面积之和，等于一个半美国的面积。也就是说，它在地球上具有举足轻重的地位。

但是，这样辽阔广大的大陆，它的自然景色却相当单调。它有广袤的高原，却没有高原上常有的绿色的田野和郁郁葱葱的山林；它有山谷，却见不到奔腾在山谷中的湍急的大江大河，只有蜿蜒的冰川在阳光下闪闪发光，如同僵死的银蛇；它也有漫长的海岸线，但是看不到赏心悦目的金色沙滩，唯有陡峭的冰崖，如阴森森的古堡。在南极大陆周围的海洋中，散布着星罗棋布的岛屿，但是这些岛屿上没有蕉风椰雨的美丽景致，却是冰封雪裹，一片荒凉。总之，南极洲是一个由冰雪主宰的寒冷王国，一个名副其实的冰雪的世界。这里到处都是冰、冰、冰，最流行的颜色

七、有趣的科学

是白色，一年四季都是白色。

如果我们有机会坐飞机越过南极上空，将会发现，南极大陆是一个中部隆起的、向四周缓缓倾斜的高原，巨大而深厚的冰层如同一个银铸的大锅盖，倒扣在南极大地上面，所以又称南极冰盖。

这个巨大的冰盖不是薄薄的一层冰，不像我们在冬天的湖面上见到的薄冰，随时都会破裂。南极冰盖的厚度相当惊人，平均厚度2000米，最厚的地方有4800米。尤其是在南极冬季降临时，大陆冰盖与周围海洋中的固定海冰连成一体，形成3300万平方公里的白色冰原，面积超过整个非洲大陆。

南极冰盖，无论面积之广、体积之大、气势之雄伟，在地球上都是举世无双的。

北半球的格陵兰岛也是为冰盖所覆盖，但冰盖的面积只有172万平方公里。南极大陆除了不到2%的地方有裸露的山岩外，其余98%的地方都是冰雪王国统治的疆土。

科学家做过精确的计算，地球上无数的江河湖泊，再加上地下水资源，仅占全球陆地淡水总量的30%左右，而南极冰盖的总冰量约为3000万立方公里。也就是说，全球70%的淡水资源是贮存在南极的，以冰的形态贮存起来。从这个意义上来看，说南极是地球的冰库一点也不过分。

这个大冰库一旦融化，将会产生什么样的后果呢？肯定地说，南极冰盖如果全部消融，地球上许多沿海国家的大城市都将被淹没，人类将面临一场可怕的灾难。因为南极冰盖融化的大量淡水将使海平面升高50~60米，这样一来，美国纽约的自由女神铜像也会沉入海底，北京的天安门广场也可以行船，而全球的陆地面积会缩小2000万平方公里。

外星人的海底发射场

【李察森】

百慕大海域②不仅能使船只、飞机方向失控，罗盘磁场偏离，无线电系统失效，还能使神秘失踪的飞机、轮船又神秘地显形，它能无缘无故，不露声色地吞噬人的性命，却又让一些生命体游离于灾难以外。意思是说，它只想与人类过不去。

1963年，美国海军在波多黎各东南部的海面下边发现了一个怪物，立刻派出一艘驱逐舰和一艘潜艇前去追踪，追了4天也没近前，因为这个怪物能一下子钻到8000米的海底，而人类各种笨拙的潜水器根本不可能达到那么深的海底，唯一的收获是看到那个怪物有一个螺旋桨。在西班牙，工人们曾在海底发现过一个体积特别大、圆顶透明的东西，正是这个也曾在百慕大海域内出现过的东西支撑了科学家们的判断：百慕大三角海区可能是外星人的一个海底发射场，那个怪物也许就是外星人的飞碟，那些失踪了的船只和飞机，也许就是被外星人弄走了!

百慕大三角区处于地球北纬30度线上，更令人迷惑不解的是，在地球南北30度线上，常常都是飞机、轮船失事的地方，人们把这些地方叫"死亡漩涡区"。在北纬30度线上，有百慕大、日本本州西部、夏威夷到美国大陆之间的海域、地中海及葡萄牙海岸、阿富汗五个异常区，加上南半球的五个异常区，等距离分布于地球上，如果把这些区域间用线连起来，整个地球就会被分割成20多个等边三角形，这些区域的海流、涡旋、气旋、风暴及海气相互作用，加上磁场，都远较其他地区剧烈和频繁。这些在地球上排列整齐、分布均匀的死亡漩涡区，给人类带来了不少灾难，也

七、有趣的科学

为人类增添了探寻其奥秘的兴趣。

1973年,北大西洋公约组织在大西洋上举行联合军事演习时,一艘主力舰发现了不明潜水物。当时,这个半浮于海面的巨大物体被当成不明国籍的间谍潜艇。于是,一声令下,炮弹、鱼雷纷纷向它飞来,但不明潜水物毫无损伤,而且当它悄悄下潜时,整个舰队的无线电通讯设备统统失灵,直到10分钟后潜水物完全消失后,舰队的无线电通讯才恢复正常。

同年4月,一个名叫丹·德尔莫尼奥的船长,指挥船只到达百慕大三角区附近的斯特里姆湾的明澈的海面时,一个形如两个圆粗的大雪茄烟似的怪物浮出水面,它长40~60米,时速达60~70海里,两次都是在下午4点左右出现,地点一直在比未尼岛北部和迈阿密之间,而且都是在风平浪静的时候。这位船长不知该怎样应对,下令水手小心翼翼地躲开,可是这个神秘的怪物却总是先主动地消失在船体的龙骨之下,显得极其友好。

有科学家据此猜测,在神秘的百慕大三角区海域里,一定隐匿着外来文明!因为那种超级潜水物所显示的异乎寻常的能力,实在是地球人不可企及的。海洋是地球的命脉,因此倘有地球本土之外的文明存在,那么它对地球海洋的关注是必然的。这些超级潜水物也许已拥有它们的海底基地。海洋是地球上最险恶的环境,同时它能够提供生态情报,这对外来文明就可构成足够的吸引力了。

1968年1月,美国TG石油公司在土耳其西部一处270米的地下,发现了一条深邃的穴道。穴道高4~5米,洞壁光滑异常,如人工打磨一般。穴道向前不知延伸到何处,左右又连接着无数的穴道,宛如一个地下迷宫,工人在万分惊恐的情状下突然发现一个白色巨人,身高足有4米,无声无息就来到了工人面前,巨人在手电光下闪闪发亮,伴随着雷鸣般的吼声,所有的工人都被声浪掀翻在地。很显然,巨人对一群偶然闯进自己家门的不速之客发怒了!

快乐在于选择
KUAILE ZAIYU XUANZE

　　如果这事确凿，那么巨人当是生活在地下的高级智能生物无疑。发现巨人的地点在地图上与百慕大正处在同一纬度！这是一个令人兴奋无比的发现！此后，一些学者一直坚持，在百慕大魔鬼三角海域下面有个大洞，海水就是从这里流进去，穿过美洲大陆，然后在太平洋的东南部的圣大杜岛海面重新冒出来。大家可以推测，在地下数百米深处有如此庞大的地下迷宫，你还担心地球是钻不穿的吗？这个通向百慕大海域的大洞口肯定会产生巨大的涡旋，在外星人出入洞口时，超乎想象的涡旋能量肯定会轻而易举就吞噬了刚好经过的一艘轮船或一架飞机了。

　　也许地下真有一个我们暂时不可知的世界？或者说百慕大魔鬼三角果真是那个世界通向地面的出入口？照此推测，水下不明潜水物或巨人真是那个世界派遣到我们这个世界来的探测器或密探了！

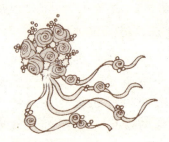

> 我们知道的东西是有限的，我们不知道的东西则是无穷的。
>
> ——拉普拉斯

八、我们的动物朋友
BA WOMEN DE DONGWU PENGYOU

最后一只蝴蝶 / 迈克尔·韦尔岑巴赫
动物幼崽（节选） / 佚 名
犀牛和它的知心朋友 / 余 峰
千姿百态的动物睡眠 / 华惠伦
鹦鹉螺（节选） / 方 刚
石蚕（节选） / 法布尔
熊狸教崽（节选） / 陈 兰
鸽子，和平的使者 / 胥士詹
水中生物呼吸妙趣多 / 赵兴德
猫 / 张秀亚

最后一只蝴蝶

【迈克尔·韦尔岑巴赫】

在我11岁那年，由于父亲被调往英国任职，我们全家就要离开已经住了4年的日本冲绳岛了。

我从小就学会了如何适应这种不安定的生活，而且这种生活还意外地培养了我对自然界的浓厚兴趣。所以无论走到哪个国家，我总是能从中获得无穷的乐趣和惊喜。从记事起，我就开始收集贝壳、化石，也曾到野外远足，还参加过观鸟活动。但当我到了冲绳这个太平洋上的小岛后，惊奇地发现这里有品种繁多的蝴蝶，采集蝴蝶标本就成为我的新爱好。

渐渐地，我拥有了许多用玻璃框镶起来的蝴蝶标本，并在每一件下面都认真地做了标记。这些蝴蝶大小各异，颜色多样，从深蓝色到明黄色，从猩红色到绿宝石色，应有尽有。因为捕捉蝴蝶并不是件容易的事，所以我很为自己的收藏而自豪。但也有一件遗憾的事，那就是我始终没有捉到一只翅膀尖是橘黄色的白蝴蝶。有一年圣诞节，我的教父曾送给我一本有关亚热带地区蝴蝶的书。书中就有一幅插图详细描述了这种冲绳岛上最大的白蝴蝶，它的两翼大约有7到10厘米长，其生活习性与众不同。我常看见它们像一群五彩的纸屑从我的眼前轻轻飘过，时而在海风中上下翻飞，时而又飞翔在大树的树冠之上。可气的是，无论我爬多高，蝴蝶总是远在我力所能及的高空之上。

离开冲绳的日子一天天临近，家里的东西开始一件件地装进了行李箱。但我一直没有把我捕捉蝴蝶的工具收起来，而且还把更多的时间用在了户外。学校开始放暑假了，这意味着几天后我们就要出发了，我几乎准备放弃寻找白蝴蝶的希望。

八、我们的动物朋友

一天早晨，妈妈告诉我，我的蝴蝶标本和书籍必须在当天下午收拾好。于是，我决定作最后一次努力。那天的天气非常炎热，蝉在大树上发出"知了，知了"的叫声，绿色的蜥蜴在炙热的阳光下扭动着灵巧的身子迅速穿过林间小路，甘蔗林在风中轻轻地泛起一层层波浪，各种各样的蝴蝶在山边的野花上起起落落。但与平常一样，白蝴蝶还是高高地飞在树顶之上。最后，我只好拖着疲惫的步子向家走去，我最后的搜寻一无所获。

可是，当我从一簇芙蓉花旁走过时，一个闪亮的白点闯进了我的眼帘，我惊喜地发现一只白蝴蝶就停在离我一米远的一朵大红花上。它正在吮吸花蜜，翅膀还在轻轻地颤动。我当时就呆住了，过了好一会儿才想到举起我的捕蝶网，一点一点地靠近蝴蝶。我的心脏怦怦地跳着，没想到，这只蝴蝶突然飞了起来，当时就惊了我一身冷汗，然而幸运的是，不一刻它又轻轻地落在另一朵花上。我扭转身子，抱着最后的一点希望，用力将网甩了出去。我简直不敢相信自己的眼睛，那只蝴蝶居然被我捉到了。

我轻轻地打开网，捏住蝴蝶的胸部把它拿了出来，打算投到装有甲醛的瓶子里。就在我的手刚碰到瓶口的一刹那，我情不自禁地停住了。我看到了这只蝴蝶的白色翅膀正在闪闪发亮，而翅膀尖则是一块灿烂的橘黄色，细细的小腿在我的手掌间绝望地划动着，我甚至感觉到了这个小生命在我的手指间恐惧地发抖。

不知怎的，我的心微微地一颤，伸手将这只盼望已久的蝴蝶向晴朗的天空中抛了出去，看着它飞过附近的大树，消失在我的视线外。

两天后，我就离开了冲绳岛，奔向了一个陌生的地方。可是我的蝴蝶却永远地留在了这个小岛上，它或许正围着大树和野花轻盈地飞着呢。

爱可能就是这样的吧！

动物幼崽(节选)

【佚名】

人们总是以惊奇的目光看待动物幼崽。啊,多么乖巧可爱的小生灵!看,它们的眼睛有多么圆、多么大啊!但我们对这些充满活力、有时看起来有些焦虑而又无助的小动物却知之甚少。

身体庞大的食蚁兽用6个月的时间喂养它们的子女,幼崽两周岁还要趴在母亲的背上。为抵御外来入侵,白犀牛的所有家庭成员会围成一个大圆圈。母驼羊在孩子出生的前几个星期就大叫不止,而在哺乳期还会不停地哼哼着。雌性企鹅生下蛋就出海了,而雄性企鹅却留下来,坐在蛋上,度过艰难漫长的64天孵化期。因为无法觅食,当小企鹅出壳以后,雄性企鹅的体重会减少40%还多。

公元10世纪,阿拉伯的一位名叫阿维森纳的医学家发现了一条规律:熊崽刚出生时是不像熊的,而由母熊舔成熊的模样,所以在西方有"舔成形"(即"培养")之说。这给科学家留下了一个难解之谜。实际上,小熊崽不是由其母亲产后舔洗才成为熊的,即使母亲不舔,它们照样还是熊。灰熊生来就是冬眠动物,它身体庞大,平均2米多高,重达200多千克。而灰熊崽却只有20厘米高,体重只有0.5千克,可谓是最无助的哺乳动物了。一只出生只10天的小灰熊,会像一块小护身符一样悬挂在母亲的脖子上。但几个月之后,它就能随母亲出洞活动了。即使大一点的灰熊也喜欢悬挂在母亲的脖子上玩耍。大约3岁的时候,母熊将要再一次生子,小灰熊不得不自立家门了;如果它不愿意离开母熊,母熊就会以粗暴方式断绝母子关系,大嗥着把它赶进森林。

一只小象要变成一只大象则需要较长的时间,仅在母亲子宫

八、我们的动物朋友

内就需生活 22 个月。出生后要经过几年的训练才能外出觅食与洗刷自己。小象生来视力较弱，它们用鼻子探路。象的鼻子兼有眼睛、手指和鼻子的功能，同时也是它们的武器。小象会花费几个小时的时间，为了卷起一片小草，甩打、卷曲着鼻子，有时甚至会把鼻子踩在脚底下将自己绊倒。

母象与小象几乎形影不离。

当小象受到其他动物的侵犯时，母象会立刻营救。小象喜欢打盹，为此，母象要不断地唤醒它。小象学走路或与其他象嬉戏时，母亲会站在几步之外保护着它。如果看到小象有危险，母象就会用鼻子把小象卷起。

大象的子女较少，所以抚养期较长。小象要到 4 周岁才断奶，到 11 周岁才达到性成熟。母象间会互相照顾彼此的子女，特别是在洗浴之后，小象不愿意离开水，不管哪只大象最后离开水，它都会照顾好最后一只上岸的小象。

狼能带着食物跋涉 30 千米，回来后分给孩子们吃。狼的奔跑速度每小时可达 60 多千米。

黑猩猩出生时手无缚鸡之力。与人类一样，刚出生的黑猩猩只会吸吮手指，依偎在母亲的怀里由母亲照料。1 岁的黑猩猩能与其他猩猩玩耍，2 岁的黑猩猩就变得淘气了。但通常要到 7 岁或 9 岁，它们的发情期到来时，才肯离开自己的母亲。

黑猩猩不仅喜欢吃水果、蔬菜和昆虫，还捕捉小羚羊、小狒狒和猴子。它们最大的天敌是豹。当遇到难解的问题时，它会在全身乱抓乱挠。虽然黑猩猩与人有许多不同之处，但从遗传的角度讲，人与黑猩猩的脱氧核糖核酸 (DNA) 98% 是相同的。

犀牛和它的知心朋友

【余 峰】

犀牛个头大，是草食动物。因此，它主要生活在热带草原与热带森林的过渡地带。那里既有丰富的食物，又有许多沼泽和水塘，是犀牛生活最理想的地方。

犀牛不善"社交"，喜欢独来独往。它们常常用粪便圈出一片"领地"，在"领地"内，如果闯入不速之客，犀牛便会与它们展开激烈的搏斗。而入侵者自知理亏，往往无心恋战，败阵逃脱。犀牛力大无比，三四只猛狮也敌不过一头犀牛。它要是发了性子，连大象也要远远地躲开。

那么，犀牛的生活是不是很单调又很寂寞呢？不，它也有自己的知心朋友，它的朋友是牛鹭和啄牛鸦。牛鹭大而笨，在地上走；啄牛鸦小而灵，在空中飞。它们彼此配合，十分默契。

犀牛的皮肤虽然厚硬，但皮肤的皱褶之间却非常嫩薄，一些寄生虫和吸血昆虫就专找犀牛的这些薄弱之处，乘虚而入，把犀牛刺蜇得又痛又痒。这样，犀牛除了在泥塘洗澡时涂上一层稀泥保护外，就要靠牛鹭和啄牛鸦来帮助清除这些寄生虫喽！牛鹭和啄牛鸦非常喜欢啄食犀牛身上的各种小虫。它们成了犀牛身体的清洁工。犀牛走到哪里，它们就出没在哪里。

犀牛的背就像一张自行移动的餐桌，饭菜就是犀牛身上的蚤、虱、蝇、蛆之类，很是丰盛。生物学上将两种生物在一起谋生，互得利益，互不干扰的合作生活叫作"共生"。牛鹭和啄牛鸦还是犀牛的"报警员"。原来，犀牛的嗅觉和听觉虽然灵，但是视觉却很差，若是有"敌人"悄悄地逆风偷袭，犀牛很难察觉。这时，牛鹭和啄牛鸦就会围绕犀牛飞上飞下，忙个不停，以此"提醒"

八、我们的动物朋友

朋友有"敌情"。

在自然界,犀牛的天敌并不多,但由于犀牛角具有很高的经济价值与药用价值,所以,偷猎者便成了犀牛的头号天敌。目前,国际组织和地区正在采取措施,加强对犀牛种群的保护与天然繁殖。

> 骐骥一跃,不能十步;驽马十驾,功在不舍。
> ——荀况

> 怯懦的动物总是成群结队地行走,只有狮子在旷野中独往独来。
> ——维尼

千姿百态的动物睡眠

【华惠伦】

动物与人类一样,也有睡眠和觉醒的交替现象。不过动物的睡眠要比人类复杂,而且还带有神秘的色彩。

鱼类的睡眠

在一般人的概念里,鱼类没有眼睑,不会闭上眼睛,大概是不会睡眠的。其实不然,如果在夜间打开灯光,你就会发现水族箱里的鱼儿,都呈现种种静止状态。这就是鱼类的睡眠行为,专家们称其为特有的"不闭眼多态睡眠"。

白天鲻鱼成群游泳,一到晚上就自行分散,各就各位地进入海底睡眠。平日爱躺卧在沙底的一些比目鱼,当它们需要睡眠时就升浮起,悬在水中睡觉。睡鲨或许是鱼类中的贪睡者,它们喜欢在海底窟洞里酣睡。黄昏时,小鳎鱼游至水表面不动,鱼体弯曲,鱼鳍盘绕在身体边缘,呈现茶托状的睡眠美姿。金鱼喜欢展鳍伏在缸底酣睡,而隆头鱼则是侧着身体躺在水底睡觉。在鱼类的睡眠姿势中,最奇趣的可能要算珊瑚礁里的鹦嘴鱼了。每当夜幕降临,它们就进入水下洞穴内安睡,入睡之前,它们的皮肤分泌出大量黏液,把全身包裹起来,仿佛穿上一件轻而薄的睡衣,或者说是筑了一间特制的"卧室"。黏液制成的"睡衣",前后端都开个孔,让水流通过。所以鱼儿仍能继续呼吸而不会闷死。鹦嘴鱼早上醒来,立即脱下"睡衣",恢复正常活动。

除了上述鱼类睡眠外,有的鱼在游泳时的位置睡觉,有的鱼喜欢头下尾上倒竖垂直睡觉……真是形形色色,美不胜收!

八、我们的动物朋友

爬行动物的睡眠

人们熟知的蛙和蟾蜍等两栖动物，一般是呆在洞穴、缝隙、石下睡觉。而爬行动物如野生水龟，每天总要离开水域，爬到附近的圆木或石条、石块上，一面晒太阳取暖，一面眼睛似开似闭地打盹小憩。在蛇类中，蟒蛇的睡眠时间是很长的。有人发现，一条体长2米的蟒蛇，当它吞下3只鸡后，可以一动不动地睡上一个星期。笔者在福建、广东、广西和云南参观蛇园时，也听饲养员说，蟒蛇在进食后会睡觉，睡眠时间短则几个小时，长则几天。

澳大利亚悉尼大学博物馆馆长斯坦伯利博士对笔者说：新西兰有一种蜥蜴，半年时间冬眠；在另外半年时间里，白天除了晒太阳和捕食外，几乎一直呆在洞穴中休息，因此有"懒蜥蜴"之称。

人，在最完美的时候是动物中的佼佼者，但是，当他与法律和正义隔绝以后，他便是动物中最坏的东西。他在动物中就是最不神圣的，最野蛮的。

——亚里士多德

快乐在于选择

鹦鹉螺（节选）

【方 刚】

鹦鹉螺是地球深藏在海底的一本对月亮背叛行为的纪录。

鹦鹉螺背腹旋转，呈螺旋形，外表分布着均匀的条条密纹，光泽艳丽，犹如羽毛。壳后部间杂着橙红色波状条纹，形如美丽的鹦鹉，故而得名鹦鹉螺。这种螺的完整贝壳，不需任何加工装饰，已经是珍贵的玩赏品，若经雕刻造型，加工成艺术品，更加名贵，使人爱不释手。

据生物学家研究，鹦鹉螺化石多达2500余种，分布遍及世界各地，说明海洋曾一度是它们的天下。经过几亿年漫长的生存竞争，绝大部分种类已经灭绝，目前在海洋中仅存4种鹦鹉螺，而且都是暖水性种类，仅在太平洋和大西洋中生活。

非常有意思的是，德国古生物学家卡恩和美国天文学家庞比亚在研究了鹦鹉螺的构造之后，发现了鹦鹉螺的一个奇异的秘密。在鹦鹉螺那一个个壳室里面，长有一条条突起而清晰的横纹，叫作生长线。这些神奇的生长线，竟准确地记录了月球的演化史！

两位科学家解剖了数以千计的鹦鹉螺，最后证实，鹦鹉螺的两片隔膜间的生长线条数正好与现有的太阴月（即月亮绕地球一周）的时间——29.53天相吻合。卡恩和庞比亚还对各个时期的鹦鹉螺化石进行观察，发现在特定的地质年代里，各地不同种属的鹦鹉螺生长线的数目也大体相同，数一数它们的生长线，而亦与那个时期太阴月的天数相吻合。比如，6950万年前的鹦鹉螺化石，它的生长线是22条，而当时月亮绕地球一周也只需要22天；3.26亿年前，太阴月的天数是15天，而那个时期地层中的

八、我们的动物朋友

鹦鹉螺化石也只有15条生长线。

天文学家曾提出,月亮再不愿与地球为伴侣了,正一点点挣脱引力的羁绊,悄然扬长而去。月亮与地球的距离正在一点点拉远,绕地球一周所需要的太阴月时间也在变长。而这些海底的鹦鹉螺,分明成了月亮远去过程的一部备忘录。一个是太空中的星体,一个是海底的软体动物,竟有如此精确的联系,实在是无法解释的谜。鹦鹉螺在平和而安详地研究记录着月球远去的步履。

> 人是寻求意义的动物。
> ——柏拉图

> 人类是天生社会性的动物。
> ——亚里士多德

石蚕（节选）

【法布尔】

潜水艇——石蚕

　　石蚕靠着它们的小鞘在水中任意遨游，它们好像是一队潜水艇，一会儿上升，一会儿下降，一会儿又神奇地停留在水中央。它们还能靠着那舵的摆动随意控制航行的方向。

　　我不由想到了木筏，石蚕的小鞘是不是有木筏那样的结构，或是有类似于浮囊作用的装备，使它们不至于下沉呢？

　　我将石蚕的小鞘剥去，把它们分别放在水上。结果小鞘和石蚕都往下沉，这是为什么呢？

　　原来，当石蚕在水底休息时，它把整个身子都塞在小鞘里；当它想浮到水面上时，它先拖带着小鞘爬上芦梗，然后把前身伸出鞘外。这时小鞘的后部就留出一段空隙，石蚕靠着这一段空隙便可以顺利往上浮。就好像装了一个活塞，向外拉时就跟针筒里空气柱的道理一样。这一段装着空气的鞘就像轮船上的救生圈一样，靠着里面的浮力，石蚕才不至于下沉。所以石蚕不必牢牢地粘附在芦苇枝或水草上，它尽可以浮到水面上接触阳光，也可以在水底尽情遨游。

　　不过，石蚕并不是十分擅长游泳的水手，它转身或拐弯的动作看上去很笨拙。这是因为它只靠着那伸在鞘外的一段身体作为舵桨，再也没有别的辅助工具了。当它享受了足够的阳光后，它就缩回前身，排出空气，渐渐向下沉落了。

　　我们人类有潜水艇，石蚕也有这样一个小小的潜水艇。它们能自由地升降，或者停留在水中央——那就是当它们在慢慢地排出鞘内的空气的时候。虽然它们不懂人类博大精深的物理学，可这只小小的鞘造得这样完美、这样精巧，完全是靠它们的本能。大自然所支配的一切，永远是那么巧妙和谐。

蜘蛛也解留春住，婉转抽丝网落红。
——席佩兰

没有任何动物比蚂蚁更勤奋，然而它却最沉默寡言。
——富兰克林

快乐在于选择

熊狸教崽（节选）

【陈 兰】

各种各样的动物有各种各样的本领：猫能捕鼠，獴能敌蛇，海獭会用石块砸开蛤蜊壳，黑猩猩能用草茎"钓"白蚁，这形形色色的本领，是它们各自能在自然界生存下去的基本条件。

动物行为学家常常探讨这么一个有趣的问题：动物的这些本领，究竟是先天就有的，还是从它们的父母那儿学来的？

大多数科学家同意这样一种说法：动物掌握某种本领的身体条件是先天生就的，比如牙齿和利爪等；而要掌握这个本领，还得靠后天的学习。

我在饲养熊狸的过程中，对熊狸的行为进行了长期观察，发现熊狸的行为正好可以证实上述说法，它们那出色的爬树本领，就是从它们的"父母"那儿学来的。

熊狸属于灵猫科动物，和大灵猫、小灵猫、花面狸、椰子猫等是"亲戚"，分布在东南亚和我国云南的西双版纳。熊狸爱吃嫩树叶、野果和树栖的小动物。它们常年生活在树上。遇到强敌的时候，一溜烟地蹿上树顶，躲藏起来，速度之快叫人吃惊，爬树的本领非常高明。

动物园里有一对来自斯里兰卡的熊狸。它们身上披着浓密的黑毛，圆圆的脸上长着一对微微凸出的眼睛，耳朵上耸立着两簇毛，尾巴又粗又长。熊狸上树以后，总是用尾巴缠住树枝，相当于它的第五条腿。这样就可以撑住全身的重量，不会掉下来。

研究熊狸的爬树行为，得从它们幼小的时候开始。我等待着熊狸产崽。来到动物园的第二年，母熊狸终于怀孕了。在我们的精心护理下，它产下了一只小熊狸。小崽刚出世，身上的黑毛已

八、我们的动物朋友

经长齐了，两只眼睛圆圆的，四条腿虽然还支撑不起来，可它会把肚子贴着地面，腿像划桨似的朝前爬动，样子很可笑。

母熊狸对小崽照顾得可周到啦。每次它走出笼箱去吃饭，总是要先把小崽安顿好。一边吃，一边还不时地回头看看笼箱。稍有响动，它立刻一跃而起，跑回笼箱里去看小崽。

不久，小熊狸就会走路啦，可母熊狸不让它走出笼箱一步。一个月以后，母熊狸就叼起小崽，爬上大树，在树干分叉的地方走来走去。显然，这是在教小熊狸认识它们生活的环境。母熊狸不厌其烦地一遍又一遍把小崽叼上树，叼下树，几天以后，小熊狸就学会了在树干上走路。母熊狸在一旁蹲着，瞧着小熊狸在树干上慢慢走动，一面注视四周的动静，时时保卫小崽的安全。

开始，小熊狸胆子小，还不敢往高处爬，母熊狸就在屁股后头推它。小熊狸爬的方式不对头，母熊狸就上前去纠正它的动作。母熊狸好像一位严格而又细心的教练，在它的教导下，小熊狸的爬树本领一天一天地高强起来。后来，它上树变得很慢，妈妈要上前帮忙，小家伙反而不让它帮了。

熊狸的爬树本领，就是这样由妈妈辛辛苦苦教会的。

> 别的动物也都具有智力、热情，理性只有人类才有。
> ——毕达哥拉斯

鸽子,和平的使者

【胥士詹】

鸽子——和平的使者,这恐怕在当今世界任何国度里都是无可非议的。然而,这可爱的小家伙并不是从一开始就充当这一角色的。

远在上古时期,人们把鸽子看作爱情使者,而非和平使者。比如在古代巴比伦,鸽子乃是法力无边的爱与育之女神伊斯塔身边的神鸟,而在当时,民间则把少女称为"爱情之鸽"。

恐怕一直到纪元初,鸽子才被当作和平的象征。众所周知,《圣经》上就有了关于鸽子的记载:诺亚从方舟上放出一只鸽子,让它去探明洪水是否已经退尽。上帝让鸽子衔着一条橄榄枝回来,表示人间尚存希望。

16世纪波澜壮阔的宗教改革运动,给鸽子赋予了新的使命,使它成了圣灵的化身。新教徒鲁卡斯在一本书中写道:"耶稣在做祷告时,忽然天门洞开,圣灵化为一只鸽子朝他飞了下来……"在文艺复兴时期法国最伟大的画家席勒的一幅版画里,圣母玛丽亚的头顶上有一只圣灵化身的白鸽。而在宗教改革时期的绘画作品中,宗教改革之父马丁·路德的头上更是经常出现象征天命的鸽子。

直到17世纪,三十年战争宣告结束时,鸽子才"官复原职",再次充任和平使者。当时,德意志帝国各个自由城市发行了一套纪念币,图案是一只口衔橄榄枝的鸽子,底下有"圣鸽保佑和平"的铭文。

德国狂飙突进运动时期杰出的代表人物席勒很早就把鸽子从宗教意义上的和平象征引入到政治中。在其名作《奥兰西的姑娘》

八、我们的动物朋友

的序幕中,他让法国抗英女英雄贞德庄严宣告:"奇迹将会出现——白鸽将要起飞,她将以鹰的勇气,去击败那蹂躏我们祖国的秃鹫!"在此,鸽子已不再是毫无抵抗力的希望之象征了,它成了斗士!

把鸽子作为世界和平的象征,恐怕是西班牙画家毕加索的一大发明。1950年11月,为纪念社会主义国家在华沙召开的世界和平大会,毕加索特意挥笔,画了一只昂首展翅的鸽子。当时,智利著名诗人聂鲁达把它称为"和平鸽"。从此,作为世界和平使者的鸽子,就为各国所公认了。

想升高,有两样东西,那就是必须做鹰,或者做爬行动物。

——巴尔扎克

水中生物呼吸妙趣多

【赵兴德】

同人一样，水生家族也是须臾离不开氧气的。海洋浩瀚，鱼儿纷纭，众多的水生家族呼吸方式亦不尽相同。这一呼一吸、一吐一纳，引出不少奇妙的故事。

我们知道，大多数鱼儿是用鳃呼吸的。鱼的头部两侧生长着两个鳃裂，鳃片是由梳子状整齐排列的鳃丝组成的，鳃丝上密布着红色的微血管。鱼类的嘴一张一合，就把水吞入口中，水经过鳃丝时，上面的微血管就摄取了水中的氧气，同时把二氧化碳排到了水中。鱼类也有鼻子，但它的鼻子只是一种嗅觉器官，而且不和口腔相通，因此，它的鼻子是不能用来呼吸的。

有些鱼儿除了用鳃呼吸之外，还有辅助呼吸器官，一旦生活环境和生活方式有了变化，它们就启用"辅助呼吸器官"维持生存。

鳗鲡是一种酷爱旅游的鱼类。南方的雨季，是它们最高兴的时刻，鳗鲡纷纷弃家出游。它们从栖息的河流迁移到另一个水域。到了夏末秋初，鳗鲡就要离家去"长途旅行"，从江河出来，奔向大海，进行三四千米的旅行。鳗鲡离开江河上了陆地之后，就不用鳃而用皮肤呼吸了。它身上的鳞已退化，皮肤特别薄，上面布满了微血管，可直接与空气交换，达到呼吸的目的。这种呼吸就叫"皮肤呼吸"。

海蛇在海水中潜行，所需的三分之二氧气靠肺部从海面吸取，剩下的三分之一氧气就要靠皮肤从海水中吸取。海蛇有一个不完全分隔的心室，这与哺乳动物的心脏相比是一种原始的特征。在哺乳动物身上，血液在周身循环后返回心脏再到肺部进行气体交

八、我们的动物朋友

换,摄取氧气后再返回心脏进行第二次循环。如果海蛇也采用这种循环方式的话,那么氧气必将很快被消耗光。事实上,海蛇的血液绕过肺部输送到皮下毛细血管,这样血液可以从周围海水中吸收氧气,排出二氧化碳和血液中的氮。倘若海蛇不用这种方式排出血液中的氮,当海蛇快速浮出水面时,血液中的氮就会因压力减少而生成气泡,阻碍了血液流通,使海蛇患上"潜水病"而死亡。

螃蟹呼吸时,需要鳃和腿相配合。螃蟹生活在水中时,从螯足的基部吸进新鲜海水,水里溶解的氧就进入鳃的毛细血管,水从鳃流过后由口器的两边吐出。在澳大利亚昆士兰州的海边上,有一种股窗蟹,当它在海滩上匆匆为生计奔忙时,时而会突然停下,抬起腿,像是稍事歇息,又像在谛听什么。其实,它是在用腿进行呼吸。它的腿上长了片薄膜,像是开了扇窗户,可专门用来呼吸,如将其堵上,它就会窒息而死。

临渊羡鱼不如退而结网。
——班 固

快乐在于选择
KUAILE ZAIYU XUANZE

猫

【张秀亚】

去年3月底，结婚未久的茂弟陪着他的新娘贞妹来了。那个温婉的贞手中还提着一只玲珑的篮子，上面更盖了一层布。她那甜美的面孔上浮漾着神秘的笑容，轻盈地走进门来，将篮子摆放在阶前。然后，她像个魔术师似的，揭开篮上的绒布，现出了一只小猫！

那是一只棕灰色的小狸猫，大概因为旅途困顿，犹酣睡未醒。亏得贞想得周到，篮子里还摆了一小盘食物，同一个亮晶晶的浅绿色塑胶小球儿，以免猫儿旅途寂寞。

猫儿睡醒了，在我们充满爱意的注视下，张开了它那双眼睛，唷，两泓小型的桃花潭水！多么幽深，多么清亮！它转动着这双眼睛，身躯在觳觫（hú sù，因恐惧而发抖）着，怯怯的有点畏人。贞说它还只是一个月大的乳婴，今天趁老猫不注意时，他们悄悄地将它带了来，送给我的孩子们。

我问道："它的母亲会不会想念它呢？"

"当然最初几天会想的，也许慢慢地就忘记了。"

我望着这个乍离母怀的幼儿，想象着它母亲的心情，老猫当真会忘得了吗？一念及此，不觉对这只小动物生出无限的怜爱，我遂转过脸来嘱咐身边的孩子们：

"对小猫要好一点啊，它才生下一个月就被抱来了。"

两个孩子笑了，彼此在调侃着：

"如果你从小就被抱走了，现在不知道会变成什么样子呢。"

"如果你被人家抱走了，一定还不如这小猫乖呢。"小哥儿俩又说又笑地一个将小猫抱了起来，一个跟在后面，一齐到阳光朗照的后院去了。

八、我们的动物朋友

小猫在阳光满地的院中跑着，拨着微风吹动的嫩叶，揪弄着新生的文竹，忽而又一遍遍地跑着半环形的路，追逐着自己颤巍巍的小尾巴，样子非常逗人。

时间一天天地过去，猫儿渐渐地长大，它的举动不再那么稚气了。叫起来细声细气，走起来斯斯文文，怪不得美国诗人桑得堡说那轻轻软软的雾是附在小猫的足上呢。

到了秋天，这只年轻而漂亮的猫儿，也做了母亲了。

它生下了四只小猫，两只棕灰的，和它自己一样，还有两只是浅黄色的，皮毛美丽而有光泽，使人联想到中秋月色。四只猫儿像小白薯似的"煨"在母亲温暖的怀里。做母亲的舐舐这只，舐舐那只。小猫撒娇地咪唔着，半闭着仍有点怕见光的小眼睛，沉酣在母爱里。

那只盛装脱脂奶粉的厚纸盒子，就权充了它们临时的宅第。阳光好的时候，做母亲的就带着幼崽，全体在院中做游戏。顽皮的小猫动作并不灵敏，常常歪倒在地上爬不起来，伸足摇头，行动宛如卡通中画的鸟兽般不自然，因为如此，看来就格外有趣。

当我坐在窗前看它们游戏时，院门常常被附近的小女孩推开，辫发蓬松的小头从门缝探伸进来，娇声娇气地喊着：

"阿姨，我要猫咪！"

"进来吧！"

"好怕哟！"小女孩又故意地说着，做了个鬼脸。

更有些光葫芦头的小男孩也闯进来，直截了当地说：

"阿姨，给我一只抱回家去吧。"

"等它们长大一些再给你们吧，它们还吃母猫的奶呢。"我的孩子们在代我回答着，我知道他们心里委实舍不得送人。

猫儿给我们的生活增加了无限的情趣，有些文友们看到我养的这一群猫，往往打趣说：

"好忙的主妇啊，要照顾七八口呢。"

一天早上，窗外晓雾迷蒙，我听到母猫在门边叫，声音异常凄厉。我走去打开了它们的纸盒，见里面只有两只棕灰色的小猫了，

快乐在于选择
KUAILE ZAIYU XUANZE

那两只最圆胖可爱的黄色猫咪不见了。前院后院，篱边树下……甚至水沟里都看了，仍不见那两只。

一上午，母猫声声哀鸣，一声比一声凄苦，它不食不饮，走出走进，忧急而惶乱。这个寻子的慈母焦灼的模样，简直令人心碎。孩子们把剩下来的两只小猫抱来要它喂乳时，它再也不似平时那般欢乐了，只勉勉强强地喂了一会儿，就又匆匆忙忙地走了——它仍要继续去寻觅。

直到下午它才回来，模样显得疲惫而憔悴，一味地绕室哀鸣，我家那个洗衣妇看了很感动，也帮着找，跑遍了附近街巷，哪里有两个毛团团的浅黄色的小身影？

两个孩子也一个劲儿地搓手顿足：

"一定是被哪个小淘气拖走了，关在家里了。"

晚上我去烧茶，顺便去探看一下猫儿的居所，仍只是那两只棕灰的在，小小的身子蜷缩成一个团儿，它们的母亲大概又是出去寻找失落的爱子了。院门关着，它想是自篱墙缝里钻出去的。我望着窗外眨眼的星星，听着我那两个孩子的鼾声，不禁想起了那本书《慈母心》的内容。

第二日天刚破晓，我听到母猫在厨房门外号叫，我叹息了一声：

"这么早，大概是饿了！"

我睡意犹浓，实在不想起来，但它一声声地叫个不停，使我无法再安睡。

"什么事呢，可怜的母猫！"我一边喃喃自语着，一边走去打开了甬道那边的厨房门——那是母猫每日进出的门户。啊！我不禁惊呼。母猫翘伸着前爪，趴在厨房门阶上。还有那两只失踪了一日夜的小黄猫，也笨拙地伸着那短小而龌龊的前爪，趴在青灰的石阶上。这个母亲，到底寻回了两个不归的"浪子"！

"咪唔！"三只猫儿欢乐地一跃而进，母猫慈爱地以口衔住那失而复得的爱儿的后颈，一个一个把它们衔进那个纸盒做的家！

我揉揉眼睛，睡意全无，眼前这景象使我怔住了，我简直可

以说是怀着"敬意"望着那个小动物——母猫的。它连夜在黑暗之中，不知穿越了多少条街巷，逡巡于多少家门前，它观望着，谛听着，闻嗅着，希望发现爱子的身影、声音以及气息，历尽了千辛万苦，终于探觅到失去的幼儿的踪迹！而寻到了之后，不知它又如何在夜晚穿过了人家紧闭的门窗，将两只才学走路的小猫儿带了回来！由它凌乱的绒毛及小猫满身的灰尘，可以知道它们的归来历尽艰险，可惜猫儿不会说话，否则这将是一篇多么曲折感人的爱的故事啊！

我已不想再睡，就到厨房去预备早餐，然后，回到房里，俯身在孩子们的耳边说：

"起来，起来，去看啊！"

他们睁睁惺忪的眼睛醒来了：

"去看什么？"

"看什么？"

"……去看……那猫！"

我几乎要说："去看那个好母亲！"

人类是唯一会脸红的动物，或是唯一该脸红的动物。

——马克·吐温

新人文读本 第2版

小学12卷，初中6卷

   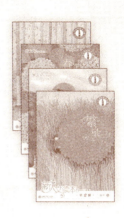

内容介绍

本套丛书充分张扬人文精神，使中小学生感悟爱、和谐、关怀、独立、自尊、创造、责任等饱含人情味和人文气息的人文主题。震撼人心的深刻内涵，创造奇迹的爱心故事，透明纯净的童心天空，温暖人间的美德修养，笑傲挫折的平静坦然，奇趣多彩的自然景观，广博深远的科技前景……缤纷的文字散发着馨香的人文气息，蕴涵着深厚的人文底蕴，引人入胜，发人深省。

系列亮点

精选当代美文　弘扬人文精神
倡导自主阅读　提升写作能力

国家"十一五"重点图书出版规划
· 全国"知识工程"联合推荐用书
· 全国"知识工程·创建学习型组织"联合团购用书
· 教育部全国中小学图书馆推荐用书
· 《中国图书商报》最具创新性助学读物

新科学读本
（珍藏版）

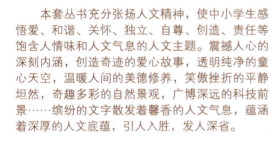

共8册

把科学教育从"题海战术"中解放出来

主编：著名科普作家、清华大学教授　刘　兵

中华人文精神读本

(青少年版)

4册·彩色插图版

丛书简介

如何对待我们的传统文化是近现代摆在我们面前的一个无可回避的问题,也是一个一直在热烈争论的问题,这也是国学"热"的重要原因。不同的时代面临的问题不一样,因此会有不同的观点。但"古为今用,取其精华"则是共识。《中华人文精神读本》精心挑选数千年来对中国产生过深远影响,而且在今天仍然在被人们所关心的26个主题,并从中国最重要的文化典籍中挑选朗朗上口,思想性和文学性很强的内容呈现给读者。丛书不仅仅是对古代文言进行注释和文意解说,为了便于读者理解,每个阅读单元还提供了生动有趣的小故事,并引申出对今天人们行为的有指导性的启示。图文并茂,生动活泼。

主编简介

汤一介:北京大学哲学系教授,中国哲学与文化研究所所长,博士生导师。加拿大麦克玛斯特大学荣誉博士学位。美国哈佛大学访问学者,曾任美国、澳大利亚、香港等大学客座教授。中国文化书院院长、中国哲学史学会顾问、中华孔子学会副会长、中国东方文化研究会副理事长、中国炎黄文化研究会副会长、国际价值与哲学研究会理事,国际儒学联合会顾问、国际道学联合会副主席;曾任国际中国哲学会主席,现任该会驻中国代表。

声 明

虽经多方努力,我们仍未能与本书部分作者取得联系,在此我们深表歉意。请相关著作权人尽快与北京大学出版社教育出版中心联系,我们将向您支付稿酬。

邮编:100871

阅读笔记

阅读笔记